SCRITTORI ITALIANI

Guido Bagatta

Pensione Maria

CAIRO

Dello stesso autore,
nelle edizioni Cairo:

72 ore

Questa è un'opera di fantasia. Nomi, personaggi, luoghi e avvenimenti sono il prodotto dell'immaginazione dell'autore o, se reali, utilizzati ai fini della narrazione. Ogni riferimento a fatti o persone viventi o scomparse è puramente casuale.

www.cairoeditore.it/libri

ISBN 978-88-6052-782-0

I EDIZIONE: giugno 2017

PENSIONE MARIA

Grazie Max!

1

«Perdona, aquel diario italiano sobre la mesa es tuyo? Es de hoy, no?»

Celestino ha quasi terminato il suo cappuccio con molta schiuma, che dopo mesi di pazienti insegnamenti al proprietario del Café Maite, dove fa colazione ogni mattina, ha finalmente ottenuto come voleva, quando sente una voce alle spalle. A fargli la domanda in perfetto spagnolo, mostrandogli con la mano un mucchio di giornali accatastati sul tavolino, è una bella ragazza bionda, alta, sui trent'anni. Con lei un'amica, bruna, più minuta, decisamente meno attraente. Dalle valigie che hanno accanto e da come sono vestite sembrerebbero due delle tante turiste che ogni giorno arrivano alle Canarie da mezza Europa. Prima di risponderle, Celestino riflette qualche secondo, cercando di capire il senso della domanda per poi mettere insieme una frase che abbia un significato, in una lingua che mastica ancora a fatica: «*No comprendo: diario? No esta ningún diario*».

La frase gli esce però forzata, balbettante, e lui se ne accorge da subito.

«*Diario, papel, periódico... como los que están...*» dice la ragazza, indicandogli i giornali. Poi, dopo aver atteso qualche attimo, sorridendo gli si avvicina.

«Italiano, mi sembra, o sbaglio?»

«Be' sì, perché si vede?» risponde l'uomo.

«Più che altro... si capisce.»

«Dall'accento?» la butta lì Celestino cercando di togliersi dall'imbarazzo.

«Be' non lo so, magari anche, o forse sono stati i giornali italiani vicino a lei.»

«Ah, ecco, lo sapevo. Certe parole non riesco proprio a comprenderle, non c'è niente da fare. Avrei dovuto ricordarmi il significato di "*diario*" in spagnolo. A una certa età, la mente non è più flessibile come una volta. Sa, ormai, mia bella signorina, vado per i settanta. Comunque no, quello non è mio, qualcuno lo ha lasciato lì da prima.»

«Settanta! No, dai, non lo dica neanche per scherzo, non li dimostra davvero, li porta da dio! Comunque le spiace allora se gli do un'occhiata?»

«No, no, si figuri, è tutto suo.»

«Ma non è di oggi» esclama la ragazza dopo aver cominciato a sfogliarlo «è addirittura di tre giorni fa...»

«Capita, qui a Costa Teguise i giornali non arrivano mai lo stesso giorno come sulle isole principali, ma sempre quello seguente, se non quello dopo ancora. Tanto oramai c'è tutto su internet...»

«Infatti, ma è tanto per passare un po' il tempo, devo aspettare.»

Facendo segno all'altra di avvicinarsi, la ragazza si siede al tavolo vicino a quello di Celestino, ordinando un "café cortado, frío".

«Piacere, io comunque sono Lola» si presenta «lei invece è Michaela, la mia compagna.»

Dopo un attimo di esitazione cercando di capire come interpretare quello che ha appena sentito, Celestino si presenta a sua volta con una specie di baciamano.

«Piacere mio, Lola e Michaela. Benvenute nel mio e ora vostro piccolo paradiso.»

«Grazie Celestino» riprende Lola «ma sarei io a dover fare gli onori di casa.»

«In che senso?»

«Nel senso che io sono di qui, una *guanche*.»

«Mi perdoni signorina, una che?»

«*Guanche*, un'originaria delle Canarie. La mia famiglia vive qui da sempre... Michaela invece è italiana, anzi milanese doc...»

«Oh bella! Ma lei così alta, bionda e con gli occhi chiari, non mi sembra proprio una locale. Piuttosto svizzera, austriaca o al massimo del Nord Italia.»

«E invece, da queste parti, siamo in tanti così, un po' la copia in negativo degli altri spagnoli, l'avrò spiegato mille volte, da quando sono bambina... È sempre la stessa storia.»

«Signorina, ma allora se lei è di qui, che cosa ci fa alle dieci del mattino in un bar con le valigie, come una turista?»

«Sto aspettando che mia madre si svegli o che in qualche modo risponda al cellulare, per poter andare a casa. Sapeva che dovevo arrivare, anche se forse non era poi così contenta di rivedermi...»

Celestino, di natura timido e riservato, non sa se proseguire nella conversazione, cercando di capire meglio la situazione, o glissare sull'argomento e tornare verso il residence dove Piera, sua moglie, lo sta aspettando per iniziare la loro passeggiata giornaliera.

«Mi scusi se forse sono ancora indiscreto, ma perché sua madre non dovrebbe essere felice di ritrovare sua figlia? Da quanto tempo non vi vedete?»

«Saranno sei mesi, giorno più giorno meno. Comunque

non è indiscreto, anche perché sono stata io a raccontarle i fatti miei. Mia madre non vuole accettare il fatto che io e Michaela stiamo insieme e che siamo tornate in Spagna per sposarci. E me lo sta facendo pesare in ogni modo. Secondo lei, non sa che siamo arrivate? Guardi, venga con me» gli fa prendendolo per mano e indicando una palazzina al di là della piazza «la vede quella finestra? Quella è casa sua, cioè nostra, da lì ci ha sicuramente viste, ma non ha il coraggio di affrontare la realtà.»

«Amore, direi che basta così» interviene Michaela «non mi sembra il caso di raccontare a chiunque i nostri problemi. Dai, lascia stare e vieni fuori con me che ci facciamo due tiri, oggi non abbiamo ancora fumato e ne ho bisogno, con tutta la tensione che c'è nell'aria.»

«D'accordo Micky arrivo, mi scusi Celestino. Ha ragione lei. Io, delle due, sono quella che parla sempre, Michaela invece è un po' l'uomo della coppia, quella meno social ma che pensa spesso per due.»

Celestino annuisce, dimostrando di aver capito la situazione.

Lola, sorridendo, si sta per alzare e uscire dal locale quando Michaela le mostra una pagina del *Corriere*.

«A proposito di erba e di fumo, guarda qua, questo articolo, sembra che racconti la stessa storia dell'anno scorso, quando improvvisamente a Milano non c'era più niente in giro da fumare. Te lo ricordi? Non si trovava la maria neanche a piangere e nemmeno un pezzetto di fumo, solo porcherie a prezzi altissimi.»

Lola le si avvicina incuriosita.

«Adesso, scrivono che c'è lo stesso "problema", dopo che la polizia ha sequestrato in un box di zona Magenta decine di chili di erba, ancora tutta da "preparare". Si è ribloccato il sistema. Hanno anche arrestato due marocchini che gestivano tutto.»

Anche Lola si mette a leggere l'articolo che domina la prima pagina della cronaca locale, interamente dedicato a come Milano sia oramai diventata, dopo Amsterdam e Londra, la terza piazza europea per il consumo di droghe.

«Mi ricordo eccome, eravamo tutti schizzati come dei tergicristalli, non arrivava mai niente di decente, ci fumavamo persino la... camomilla in quei giorni. Poi, come per miracolo, sono apparsi dal nulla quei due pensionati e tutto è tornato normale. Com'è che li chiamavano? Aspetta... ah sì, gli "Herb Angels", perché erano come angeli piovuti dal cielo.»

«Chissà che fine hanno fatto. Vendevano la maria in macchina, io li ho visti sempre solo da dietro in maniera veloce e confusa, sembravano due persone per bene, non certo i classici spacciatori. Così come sono arrivati, meno di un anno dopo sono spariti nel nulla e non mi sembra che si siano fatti nemmeno beccare, almeno credo. Nessuno ne ha più parlato.»

Mentre stanno ricordando, rollandosi contemporaneamente la prima canna del giorno, suona il telefono di Lola. È sua madre, lei risponde, alzando subito la voce: «*Dios mio, porque te gusta volverme loca, porque?*».

La conversazione finisce quasi subito.

«Adesso sembra degnarsi di riceverci... 'sta stronza» dice allora Lola a Michaela, alzandosi per uscire dal locale. Dopo avere salutato Celestino, le due scompaiono tra le bancarelle del mercato settimanale di Costa Teguise trascinando i loro trolley.

Lui, che durante il racconto delle due ragazze non aveva

più detto nulla, paga il suo cappuccio prendendo il *Corriere* dal tavolo dove era stato riappoggiato e strappando la pagina con l'articolo. Ripiega più volte il foglio, mettendoselo nella tasca laterale dei pantaloni corti e si avvia verso casa. Rispetto al solito, ha quasi mezz'ora di ritardo, ma è sicuro che la Piera, quando vedrà la pagina del giornale, capirà il motivo.

2

«Piera, Piera, dove sei, Piera!»

Le urla di Celestino si potevano sentire ben oltre le mura che separavano la piccola cascina degli Aiello dal resto del paese. Lasciando la macchina quasi di traverso all'ingresso del cascinale, Celestino si era come lanciato in casa: scivolando sui gradini di marmo, era anche caduto battendo un gomito.

«Piera, Piera, ci hanno fregato, quei bastardi ci hanno tolto la sedia da sotto il culo!»

Celestino era scoppiato a piangere. Tra i singhiozzi le sue parole uscivano confuse e difficili da comprendere.

«Ma cosa è successo Cele, che cos'hai, dimmelo, avanti, che cos'hai?» aveva gridato a sua volta lei, trovandoselo davanti come non lo aveva mai visto in tanti anni.

«Abbiamo perso tutto, non abbiamo più niente Piera!»

«Ma cosa stai dicendo, non è possibile. Come tutto, come tutto? Avevano detto che ci sarebbe stato un piano di rientro, che in due anni avremmo recuperato l'investimento...»

«E invece no, nessun piano, nessun recupero, siamo sotto...»

«E i 30.000 del conto, quello con i contanti?»

«Anche quelli, anche quelli... ma lì è colpa mia. Sono un coglione, un deficiente!»

«Ma come è colpa tua? Cosa dici, Cele? Quelli avevamo deciso di non investirli, ti ricordi? Avevamo pensato di tenerli da parte, magari per fare un regalo ai ragazzi o per comprarci un bel viaggio, di quelli che abbiamo sempre sognato.»

«Lo so, ma poi...»

«Ma poi cosa?»

«Ma poi, un mese fa, quella merda del Sala mi ha convinto...»

«A fare cosa?»

«A investire in nuove obbligazioni. Mi ha detto che anche se avevamo perso parecchio, comprandone altre a un prezzo bassissimo avremmo rimesso le cose a posto. Il prezzo sarebbe risalito, facendoci recuperare quello che avevamo perso. L'ha chiamata "mediazione critica" o qualcosa del genere...»

«E tu gli hai dato ascolto, nonostante quello che era già successo?»

«Sì...»

«Cele, avevamo già perso 130.000 euro, praticamente tutto quello che avevamo e tu sei andato oltre, senza dirmelo, senza chiedermi niente...»

«Lo so, l'ho già detto, sono un coglione. Ti chiedo scusa.»

«Scusa, ma ti rendi conto? Celestino, non abbiamo più un euro, nemmeno per pagare le rate del mutuo della ristrutturazione. Ne avevamo già saltata una l'anno scorso e a momenti ci portavano via la casa.»

«Lo so, lo so... e non so proprio che cosa pensare, ma soprattutto che cosa fare.»

«Ma quelli della banca cosa dicono, adesso?»

«Spariti tutti, il Sala non si trova da tre giorni, il direttore l'hanno arrestato, anche i suoi capi a Cremona mi hanno detto che sono dentro. Ho provato a parlare con qualcuno, ma davanti alla porta ci sono delle guardie giurate che fanno entrare solo la gente che vogliono loro e io non sono tra quelli.

Lì fuori, ho trovato tante altre persone nelle nostre condizioni, tutti vorrebbero fare qualcosa, tentare una mossa, ma nessuno sa né come né cosa. È un disastro.»

«Hai provato ad andare dai carabinieri, loro cosa dicono?»

«Ti ricordi, lo avevamo già fatto anche la prima volta per denunciare quello che era successo. Cosa vuoi che ne sappiano? Sono quattro ragazzi e un tenente che, figurati, è nato come me a Fuorigrotta, e sta qui da sei mesi appena. Forse dovremmo chiamare i ragazzi e chiedere a loro un consiglio, un aiuto...»

«Celestino, assolutamente no, loro non dovranno mai sapere che genitori rimbambiti si ritrovano, mai. Piuttosto... vado a chiedere l'elemosina, ma a loro non dirò mai nulla di questa situazione.»

«Ma della Fornero gliene avevi parlato...»

«Quella è una storia diversa, lì nessuno di noi aveva colpa. Solo quella schifezza di legge lì, solo quella lì. E poi, comunque, Emilia sapeva tutto, legge i giornali. Conosceva la situazione della fabbrica e quello che ti avevano proposto e che tu hai accettato, ti ricordi? Adesso è diverso...»

«Ma questa volta è colpa mia, gli dirò che sono stato io a fare tutto, capiranno...»

«No, ho detto di no. Punto e basta. Nemmeno io so cosa fare, ma dobbiamo trovare un'altra soluzione.»

Sino a quella mattina di marzo, dell'esistenza di Piera e Celestino, in paese, era come se non se ne fosse accorto mai nessuno, la loro presenza nella piccola comunità di Alzano Lombardone era stata tra le più normali e piatte possibili. In trent'anni di matrimonio, nulla, nel bene o nel male, li aveva fatti uscire dal coro della gente comune. Ad Alzano, praticamente nessuno si era mai fatto troppe domande su come in realtà fosse quella coppia che sembrava vivere lì da sempre. Gli Aiello erano come la casa dove abitavano: una delle tante cascine perse nel nulla del sottocollina pavese, uguale a cento altre, senza qualcosa che potesse distinguerla da quelle circostanti. Ecco, loro erano così: sempre vestiti con colori scuri, grigio, marrone, nero, al massimo un maglione o una gonna color mattone; con una macchina che più normale non si poteva, con dei ritmi di vita praticamente identici giorno dopo giorno, mese dopo mese, anno dopo anno. Uguali a tutti, diversi da nessuno.

Fin quando erano rimasti ad Alzano Lombardone, anche i due figli, Pio ed Emilia, avevano mantenuto lo stesso profilo dei loro genitori, qualche conoscenza, qualche amicizia con i compagni di scuola e poco altro. Poi, per loro, a partire dai primi mesi del liceo, era cominciata una specie di nuova vita che li aveva portati ad allontanarsi sempre più velocemente da Piera e Celestino e dalla loro involontaria, soffocante routine. Pio, che la passione della cucina ce l'aveva sin da ragazzino, dopo aver mollato lo scientifico a Pavia si era iscritto all'istituto alberghiero di Torino per poi trovare quasi subito un lavoro come assistente di cucina in un ristorante di un hotel quattro stelle sul Lago Maggiore. Emilia, invece, dopo qualche tentativo andato a vuoto per trovarsi un'occupazione che la potesse rendere indipendente, aveva vinto un concorso per diventare hostess di terra all'aeroporto di Pescara. Non il massimo della vita, ma sicuramente una possibilità di andarsene lontano da casa.

Piera e Celestino, quasi non volessero capire o, forse meglio, fingendo di farlo, non avevano neppure insistito per convincerli a restare: d'altra parte che cosa potevano offrire ai loro figli? Sicuramente non una prospettiva di lavoro in un ambiente che potesse dar loro qualche garanzia o certezza per il futuro. Insomma, li avevano lasciati andare per la loro strada senza troppe storie, ritrovandosi in poche settimane nuovamente da soli, loro due, come trent'anni prima, quando Cele, napoletano doc, operaio metalmeccanico – che però avrebbe voluto fare il giardiniere – aveva conosciuto la Piera qualche ora prima di uno storico Milan-Napoli che lui era "salito" a vedere con un gruppo di inseparabili amici. "Fuorigrotta a San Siro" recitava la sciarpa che tenevano tutti al collo quel giorno, perché non ci fossero dubbi da dove venivano. In realtà lui, a quella partita, era come se non ci fosse mai andato, tanto la sua testa era altrove quel pomeriggio. In tribuna, tra gli ultras azzurri, il suo pensiero non era certo per Maradona, Bagni e Giordano, che stavano mettendo in difficoltà un Milan non ancora plasmato dall'intuito di Berlusconi e che al termine finì al tappeto, battuto per 2 a 1. No, il pensiero di Celestino era stato, per tutti i novanta minuti, sempre e solo per "la Piera", con l'articolo davanti al nome, come gli era stata presentata poche ore prima in un bar di piazza Castello, e come poi lui l'avrebbe sempre chiamata.

Quella domenica, la Piera era invece "scesa" a Milano, anche lei in treno, compiendo però un viaggio decisamente più breve. In quaranta minuti era arrivata da Pavia a Porta Genova e poi con la metropolitana in centro. Il loro era stato un incontro casuale, in un bar che si chiamava Viel e che nella Milano anni Ottanta faceva i migliori frullati del mondo. Gli amici di Celestino, da veri "guaglioni", avevano attaccato bottone con le amiche della Piera e in pochi minuti sembravano un gruppo che si conosceva da sempre, anche se di lì a poco non si sarebbero mai più rivisti. Cele e i suoi allo stadio, Piera e le sue amiche a vedere il loro nuovo idolo Tom Cruise in *Top Gun*. Se per gli altri quell'incontro era stato solo qualcosa di divertente e carino, per loro due invece, come ogni tanto accade nella vita, era stato diverso. Prima di andarsene Celestino aveva lasciato a Piera il numero di casa dei suoi, dove ancora abitava. La settimana dopo lei lo aveva chiamato, con lui che l'aveva invitata a Napoli per un weekend e lei che, senza dir nulla alla famiglia, aveva accettato. Meno di un anno più tardi, il ragazzo di Fuorigrotta si era trasferito ad Alzano Lombardone, prima in una piccola stanza in affitto, poi in un appartamento vicino all'unico supermercato del paese. Non molto dopo, aveva sposato la Piera andando ad abitare nella cascinetta che ancora oggi è casa loro, o almeno dovrebbe. Qualche milione di lire, regalato alla coppia dal papà di lei, il fruttivendolo di Alzano, li aveva aiutati a versare la caparra per la casa, mentre un mutuo di quelli che non si finiscono mai di pagare aveva fatto il resto.

3

Pur non avendo certo vissuto un'esistenza semplice, sino a quel momento Piera e Celestino se l'erano sempre cavata egregiamente. Tra i due, lei era sicuramente la parte più pragmatica della coppia, quella che aveva sempre fatto quadrare i conti del bilancio familiare decidendo su tutto ciò che si doveva fare in casa in materia di acquisti, da quelli più piccoli, come la spesa settimanale al discount per risparmiare davvero, fino all'eventuale necessità di cambiare la lavatrice o con quante rate acquistare il nuovo televisore. A parte la questione della tv, che Celestino aveva imposto di marca per vedere finalmente in HD le partite del Napoli, che Cele contasse poco o nulla riguardo alle decisioni di famiglia era stato evidente sin dall'inizio del matrimonio. Addirittura quando c'era stata la necessità di cambiare macchina, lei, che aveva sempre guidato malvolentieri, aveva fatto tutto da sola. E non solo per la parte economica dell'acquisto, ovvero il finanziamento che aveva trattato con il concessionario. Aveva scelto anche modello, colore e cilindrata. E quando Celestino aveva tentato di dire la sua sugli optional, lei non gli aveva praticamente fatto aprire bocca.

Così, sin dai primi giorni della loro storia, lei aveva organizzato, in maniera quasi maniacale, una sorta di amministrazione controllata di tutto quello che succedeva in casa. Le uscite dovevano essere rigorosamente inferiori del 20 per cento rispetto alle entrate: piuttosto, per far quadrare i conti, non si mangiava carne per qualche giorno, ma alla fine Piera riusciva sempre nella sua missione. E se poi in qualche occasione si riusciva a risparmiare di più, nessuno in casa praticamente se ne accorgeva. Questo perché, sempre lei, aveva creato una specie di "fondo emergenze" che sarebbe dovuto servire proprio per i momenti esattamente come quello che gli Aiello stavano vivendo. Così per vent'anni, a forza di cinquanta, raramente centomila lire al mese, il piccolo fondo era cresciuto fino ad arrivare a toccare quasi il tetto dei venti milioni delle vecchie lire, che lei aveva deciso di non portare mai in banca. Li teneva in casa, nascosti sotto un mobile d'epoca del soggiorno. Poi, dopo che una sera d'estate dei ladri avevano praticamente devastato la loro piccola cascina, cercando qualcosa di valore da portarsi via, la Piera aveva versato il tesoretto, miracolosamente salvatosi dalla razzia, in un conto solo a suo nome in un istituto di credito diverso da quello dove gli Aiello avevano i risparmi di famiglia. Con il passare degli anni e della lira all'euro, la cifra sul conto era aumentata, sino a quando Piera aveva ricevuto una chiamata da un impiegato della banca che le proponeva di mettere l'intera cifra in un fondo a capitale garantito, quindi all'apparenza sicuro, che tra l'altro le dava la possibilità di uscire dall'investimento alla fine di ogni mese.

«Se poi volesse» le aveva detto il bancario «c'è anche la possibilità di aggiungere altri membri della famiglia come beneficiari dell'investimento...»

La Piera ci aveva pensato su qualche minuto, per poi decidere di coinvolgere sia Pio che Emilia, ma non Celestino, perché le sembrava giusto fare qualcosa per il futuro dei figli.

«Complimenti signora» si era allora congratulato l'impiegato «adesso anche lei, come tutte le persone che ragionano, ha la sua "federal reserve" personale.»

Sorridendo, Piera, forse per timidezza, forse anche vergognandosi un po' perché non aveva idea di che cosa significasse quello che aveva appena sentito, aveva fatto finta che quelle due parole avessero un senso preciso anche per lei.

Tornando in bicicletta verso casa aveva continuato però a pensarci.

Speriamo che non sia qualcosa di troppo complicato, si era detta tra sé e sé, ripromettendosi, appena possibile, di chiedere a qualcuno che se ne intendesse della materia in che mani avesse lasciato la sua piccola fortuna.

4

Il Giornale di Pavia riportava la notizia in prima pagina, con il titolo che occupava più spazio anche rispetto ai fatti di respiro nazionale. D'altra parte, a livello locale, l'ennesima chiusura di una storica attività commerciale nella zona della Bassa lombarda aveva avuto più eco di tante altre storie che, al contrario di questa, non avrebbero di certo interessato direttamente la vita dei lettori.

"The End" si leggeva sulla parte destra del quotidiano con sotto "Dopo oltre cinquant'anni di attività chiude anche la Drogheria Cappelli". L'articolo raccontava come uno degli storici negozi del Lodigiano non ce l'avesse fatta a resistere alla concorrenza dei vari ipermercati e centri commerciali, nonostante negli anni avesse cercato di mantenere quel profilo di "cose di casa" che lo aveva contraddistinto sin dal primo giorno di apertura.

"Ma sicuramente più grave dell'ultima saracinesca" proseguiva ancora il testo "è stato il modo in cui la famiglia Cappelli ha deciso di chiudere il negozio."

In effetti la serrata improvvisa, senza un minimo preavviso, senza comunicazione neppure ai sette dipendenti che, come ogni mattina, anche quel lunedì erano arrivati davanti alle vetrine della drogheria trovando le serrande chiuse con i lucchetti cambiati, aveva lasciato tutti senza parole.

Attaccato nella notte, sulle grate della vetrina principale

campeggiava un cartello scritto al computer con in calce la firma di Manlio, ultimo erede della famiglia Cappelli, quello che negli ultimi anni aveva provato a rialzare le sorti dell'azienda, in cui si spiegava l'accaduto.

In pratica la proprietà aveva deciso che, da quel momento, l'attività del negozio cessava definitivamente. Più in basso lo stesso Cappelli ringraziava la clientela per la fedeltà dimostrata negli anni, augurando a tutti un futuro felice.

Per i dipendenti, invece, non una parola, solamente un numero di telefono di tale avvocato Zingarelli da contattare alla bisogna. Nessuno si era degnato di avvisarli di persona. Eppure, alle sette di sera del sabato precedente, era stato lo stesso Manlio, presente come sempre alla cassa, a congedarli uno per uno augurando a tutti buona domenica. A Piera, che aveva la responsabilità della chiusura dei conti e perciò era sempre l'ultima ad andarsene, aveva offerto anche un passaggio sino alla stazione degli autobus, chiacchierando nel breve tratto di macchina di come le cose, nonostante tutto, al negozio andassero poi anche bene. Un paio di giorni dopo lei si era ritrovata insieme agli altri sei dipendenti davanti a quel cartello, che aveva letto e riletto almeno dieci volte.

«Ieri mattina» una voce da dietro aveva quasi sentenziato «hanno cominciato a portare via tutta la merce. Pensi» aveva proseguito, rivolgendosi genericamente al gruppo ancora fermo davanti alla saracinesca, «che alle dieci di ieri sera gli operai erano ancora lì a lavorare...»

Piera aveva ascoltato senza girarsi, muta, ferma, con le mani nelle tasche del cappotto: avrebbe voluto non capire quello che stava succedendo, ma purtroppo tutto le era ben chiaro. Muovendosi appena, si era rivolta alla Lina, la sua collega che si occupava del bancone delle spezie e dei canditi, la veterana tra i dipendenti della Cappelli, con più di trent'anni di servizio alle spalle.

«E adess Lina, sa fem, cosa facciamo?» le aveva chiesto. «Sembra un incubo, ma di quelli brutti davvero. Nessuno ci ha detto niente, io non capisco, davvero non capisco...»

L'altra le aveva risposto con uno sguardo, terminato con gli occhi abbassati verso terra, che valeva più di cento parole. Si era poi girata verso il corso e tirandosi su il bavero del giaccone si era incamminata in direzione della stazione.

Trascorso ancora qualche minuto, anche gli altri impiegati del negozio se ne erano andati, mentre la gente, sempre più numerosa, passando davanti alle vetrine non si lasciava sfuggire l'occasione di un commento, di una parola.

Piera aveva trascritto sul suo cellulare il nome e il numero dell'avvocato, chiamando subito dopo Celestino per chiedergli di venirla a prendere, perché, con quello che era successo, non poteva nemmeno pensare di tornare a casa in autobus. Lui era arrivato mezz'ora dopo, tanto ci voleva dalla cascina al centro, con lei che lo aveva tenuto al telefono per tutto il percorso, raccontandogli l'accaduto, per poi lasciarsi andare a un pianto silenzioso. Sentendola in quelle condizioni – lei che in più di trent'anni non si era mai commossa né emozionata – Celestino aveva compreso la gravità della situazione e aveva spinto sull'acceleratore, fregandosene degli autovelox.

«Cele, che cosa ci può ancora capitare?» gli aveva chiesto salendo in macchina. «Sembra che qualcuno ci abbia fatto una maledizione. Prima quella dannata legge Fornero, poi il fallimento della banca, adesso questa cosa del negozio... Io non ci capisco più niente.»

Lui l'aveva ascoltata, cercando una risposta che non peggiorasse la situazione, ma non gli era proprio venuto fuori niente. D'altra parte, nel loro matrimonio, le insicurezze erano state sempre dalla sua, di parte. Adesso, però, anche una donna forte come la Piera era in crisi.

Non avendo sentito una parola uscire dalla bocca di Celestino, lei allora aveva preso il telefono per chiamare l'avvocato del negozio, tanto, prima avrebbe saputo del suo destino, meglio era.

La conversazione con lo studio Zingarelli era durata pochi secondi, quanto bastava per prendere un appuntamento.

«Che velocità, signora Aiello» le aveva detto una segretaria «lei è la prima... la aspettiamo.»

«Forse si attendevano che uno ci mettesse un mese, a decidere cosa fare» aveva commentato la Piera chiudendo la chiamata con la promessa di un futuro incontro. «Proprio loro che in 24 ore hanno cambiato e svuotato la vita di tante persone. 'Sti maledetti schifosi...»

Celestino aveva ascoltato le sue parole, ancora una volta in silenzio, anche se una versione così aggressiva di sua moglie non ricordava di averla mai vista. Due curve prima del vialetto di terriccio e ghiaia che portava alla cascina, le aveva finalmente detto che cosa pensava: «Piera, credo che tutti questi siano dei segnali, penso che qualcuno ci stia dicendo che magari dovremmo ricominciare tutto da capo. Forse è venuto il momento di cambiare vita...».

«Eh certo, cambiare... Perché allora non chiudiamo tutto qua, tutto poi cosa che non abbiamo più niente, e ci facciamo un bel viaggio alle Maldive? Che te ne pare come idea?»

«Alle Maldive forse no, non potremmo mai permettercele. Ma, magari, un viaggetto per distrarci ci starebbe. Piera, siamo io e te da soli, i ragazzi sono grandi e sono via, che cosa ci ferma?»

«Che dal mese prossimo potremmo non avere nemmeno più i soldi per mangiare, Cele, nemmeno quelli, ecco che cosa ci ferma. Ma quale viaggio, quale distrazione? Dicevo tanto per dire. Dobbiamo affrontare le cose che ci stanno accadendo da qui, da casa nostra, per cercare di trovare una soluzione che ci tolga da questa situazione. Intanto, capiamo cosa mi dice 'sto avvocato, poi credo sia venuto il momento di utilizzare i soldi del conto "emergenza". Domani passo anche in banca e vedo quando potrebbero essere disponibili. Se mi ricordo bene, da ogni fine mese, oggi siamo al 23, quindi fra una settimana potremmo averli.»

«E cosa vorresti farne, sono tanti...»

«Tanti, Cele? Se ci va bene superiamo di poco i 20.000 euro, ti sembrano tanti? Sai che potrebbero essere gli unici soldi che avremo per i prossimi mesi, se non anni?»

Anche in questo caso Celestino non aveva risposto, pensando a come avrebbero potuto affrontare il futuro.

«Comunque» aveva concluso lei «domani vedo se riusciamo a liberarli e metterli su un conto normale, dal quale si possa prelevare col bancomat. Se è così, penso che per un po' dovremmo riuscire a tirare avanti, ma solo per un po'...»

«Io, comunque» aveva ribattuto lui «informerei i ragazzi. Magari non Pio che fa sempre finta di non capire la realtà delle cose, ma a Emilia direi tutto...»

«Ti ho detto di no. Lasciali vivere in pace, senza rovinarsi l'esistenza per gli errori e le sciocchezze dei loro genitori. Andiamo avanti come dico io.»

5

«Buongiorno signora Aiello, come sta? È un bel po' che non ci sentiamo né ci vediamo, il che potrebbe essere anche un bene, o no?»

«Dipende, dottore, dipende» aveva risposto la Piera con atteggiamento rispettoso nei confronti dell'impiegato di banca. «Comunque le cose non è che vadano alla grande, non so se ha saputo che cosa è successo con la Drogheria Cappelli...»

«Ho sentito qualcosa, ma non so tantissimo. Mia moglie mi ha detto che hanno intenzione di ristrutturarla...»

«Non proprio, dottore, non proprio. Diciamo che l'hanno chiusa e hanno ceduto l'immobile a un discount.»

«Oh mio Dio, non immaginavo... E adesso?»

«E adesso niente. Ci hanno lasciati tutti a casa, senza stipendio, e hanno fatto istanza di fallimento. Stiamo cercando di capire se ci metteranno in cassa integrazione, ma visto il numero dei dipendenti sembrerebbe di no. Insomma, dottore, una bella sfortuna, per non dire altro.»

«Mi dispiace signora, ma vedrà che le cose si sistemeranno, ne sono sicuro. Mia moglie è un avvocato del lavoro, quindi se le servisse una mano, non esiti a dirmelo.»

«Grazie, ma credo che non potrei permettermelo, un avvocato...»

«Guardi che di solito, per le cause di lavoro, gli studi legali come quello di mia moglie non vogliono nulla in anticipo dal dipendente. Il pagamento arriva al termine del procedimento ed è solo in caso di esito positivo...»

«Be' allora, se le cose stanno così, la chiamerò per farmi dare il numero di sua moglie, grazie dottore. Comunque, sono venuta da lei perché siamo costretti a svincolare quei soldi che avevamo investito qualche tempo fa, si ricorda? In quel fondo che mi aveva consigliato...»

«Certo che mi ricordo, anche perché sta andando molto bene, il fondo intendo. Lo guardavo proprio stamattina.»

«Ci credo e la ringrazio. Ma con quello che è successo alla Cappelli ora abbiamo bisogno di quei soldi.»

Mentre Piera parlava, l'impiegato della banca digitava sul computer.

Schiacciato l'ultimo tasto, aveva alzato di scatto il viso, guardandola fissa negli occhi: «Signora, ma il capitale è già stato disinvestito, il conto è a zero, anzi, siamo sotto di quasi cento euro, tra spese e oneri vari...».

«In che senso, mi scusi?»

«Nel senso che due mesi fa qualcuno, "on line", ha venduto il fondo, incassato il capitale oltre alla plusvalenza e spostato il denaro su un altro conto...»

A quelle parole la Piera stava per crollare sul tavolo di vetro dell'impiegato che aveva di fronte. Poi, sperando di non aver compreso bene quello che le era appena stato detto, aveva ribattuto: «Dottore, non capisco. Che cosa significa "plusvalenza", in che senso "on line", e poi chi avrebbe potuto spostare i nostri soldi, senza che nessuno ci avvertisse?».

L'uomo, iniziando a comprendere che la situazione che si trovava tra le mani non era delle più semplici, aveva cercato di essere il più didascalico possibile.

«Signora, plusvalenza significa che i guadagni arrivati

dall'investimento sono stati incassati anche loro, on line invece vuol dire che tutto è stato fatto attraverso internet, non mi è ovviamente dato di sapere da dove, comunque da una persona che aveva tutti i codici per operare con il vostro conto...»

«Ma io non so neanche come si fa a entrare sul conto dal computer, dottore. Tant'è che sono venuta sempre io da lei.»

«Lei, come mi sta dicendo, no, ma...»

«E allora chi altro?»

«Be', guardi, non è poi tanto difficile scoprirlo. Anche perché tutto è stato fatto regolarmente da una persona che aveva la possibilità di accedere al vostro conto...»

«Impossibile, come le ho detto, solo io e i miei due figli potevamo farlo. E lei lo sa benissimo, siamo venuti tutti e tre a firmare quella montagna di carte, qui da lei...»

«Esatto signora Aiello, infatti suo figlio Pio il 30 novembre scorso ha svincolato l'investimento e spostato i soldi sulla ABN Amro, una banca olandese...»

«Sulla che? Mio figlio? No, guardi, è impossibile, qualcuno gli avrà rubato i codici di accesso, se si chiamano così. Adesso chiamo la polizia, i carabinieri. Questo è un furto, un furto, e voi non ci avete protetti. E io che mi fidavo di questa banca...»

Raramente la Piera, in vita sua, aveva perso il controllo, ma questa volta non era riuscita proprio a trattenersi. Troppa la pressione per tutto quello che le stava accadendo, pressione che, improvvisamente, l'aveva fatta sbottare. L'impiegato inizialmente aveva tentato di calmarla, poi aveva preferito lasciarla sfogare. Le aveva versato un bicchier d'acqua, pregandola di sedersi e ascoltarlo.

«Signora Aiello» le aveva detto «posso capire il suo stato d'animo e io, in una situazione come la sua, avrei probabilmente la sua stessa reazione. Però la prego, mi segua e ragioniamo insieme...»

Con la testa tra le mani e i gomiti appoggiati alla scrivania, Piera era passata, in pochi attimi, dalle urla al silenzio più completo, mentre l'impiegato cercava di spiegarle cosa poteva essere accaduto.

«Dall'uscita dal fondo e dal successivo spostamento dei soldi sono passati più di due mesi» aveva proseguito «il che per le autorità è un segnale che spesso significa, come probabilmente è il suo caso, che nessuno ha rubato nulla, ma qualcuno che poteva farlo ha deciso di muoversi senza avvisare gli altri che condividevano con lui lo stesso conto... Mi segue, signora?»

«Sì, più o meno...»

«Intendo dire che suo figlio ha probabilmente agito sapendo quello che stava facendo...»

«Impossibile, Pio è una persona onesta...»

«Nessuno dice il contrario, ma prima di avvisare la polizia, signora, io farei un colpo di telefono a suo figlio, per cercare di capire da lui che cosa è successo...»

Piera era scoppiata a piangere, cercando tra le lacrime di spiegare che i soldi, quelli spariti dal conto, erano l'ultima speranza per lei e suo marito di sopravvivere, di superare un momento che li aveva messi in ginocchio. Cercando di confortarla, ma sapendo di non poter davvero fare nulla per lei, l'impiegato le aveva suggerito di prendersi un po' di tempo, di tornarsene verso casa per poi da lì, con un po' più di tranquillità, chiamare suo figlio.

Senza praticamente rispondere, la Piera allora si era alzata, aveva indossato il suo cappotto grigio scuro e, dopo aver salutato con un gesto del capo, era uscita dalla filiale.

6

«Mamma, che sorpresa, come stai?»

Pio aveva risposto subito al cellulare, nonostante non fossero neppure le sette del mattino. Piera aveva pensato tutta la sera e poi tutta la notte a come affrontare l'argomento del conto, tenendosi nel cuore una piccola speranza che, persi i soldi, almeno ci fosse stato qualcuno che li avesse realmente rubati e non che fosse stato lui a prenderseli. Non avendo praticamente chiuso occhio, si era alzata alle sei, lasciando Celestino nel letto che ancora russava. Con lui aveva cercato di condividere quello che era successo ma, come al solito, non aveva ottenuto granché.

«Bene, Pio, scusa l'ora, ma avevo bisogno di parlarti...»

«E che succede ma', qualcuno sta male?»

«No, per fortuna, almeno per la salute stiamo tutti bene, io, papà, gli zii, i cani... tutti.»

«E allora che c'è?»

Piera era rimasta zitta per qualche attimo, tra l'imbarazzato e lo sconcertato. Poi aveva deciso che doveva dirgli tutto, subito: «Non te lo immagini proprio, Pio?».

«Cosa mamma, cosa dovrei immaginarmi?»

«Sto parlando dei soldi, quelli che avevamo investito, te li ricordi no? Sono spariti dal conto...»

Per dieci secondi abbondanti Pio non aveva detto nulla.

«Pio, sei ancora lì? Non ti sento più...»

«Sì, mamma, certo che ci sono.»

«Bene, e quindi?»

Dopo un'altra pausa, altrettanto lunga, era arrivata la risposta: «Mamma, che ti devo dire, li ho presi io, quei soldi. Potrei raccontarti mille cose, cercare di venderti qualsiasi scusa, ma faccio prima: sì, ho fatto tutto io, al computer, qualche settimana fa...».

«Ma perché? Come hai potuto?»

«Ve li avrei restituiti fra poco, pensavo che non te ne saresti nemmeno accorta. D'altra parte erano mesi che nessuno guardava quel conto per controllare come stava andando.»

«Ma erano nostri, quei soldi, non tuoi, o almeno non solo tuoi. Rappresentavano una specie di ultima spiaggia, una riserva in caso di estremo bisogno. Lo sapevi bene, quante volte te l'avevo spiegato prima di metterti tra i beneficiari...»

«Appunto mamma, io li ho presi proprio perché ero sicuro che con il tuo lavoro, la pensione di papà e quello che avevate messo via nell'altra banca, nessuno di voi avrebbe avuto la necessità di usarli, al contrario di me...»

«E invece è successo esattamente l'opposto» gli aveva risposto lei, seduta in cucina con lo sguardo perso nella campagna che si trovava davanti, «ne avevamo bisogno eccome, Pio.»

«Ma scusa, mamma, com'è che ne avete bisogno? E tutto il resto allora, dove è finito? D'accordo che negli ultimi due anni sono venuto a casa solo per Natale, ma non mi sono mai fatto l'idea che stavate in una situazione simile.»

«Pio, abbiamo scelto di non raccontare nulla né a te né a Emilia, anzi sono stata solo io a volervi tenere all'oscuro di tutto, perché papà avrebbe desiderato parlarvene, ma io gliel'ho sempre impedito. In questi ultimi anni è accaduto di tutto, papà è andato sì in pensione, ma con la legge Fornero, rinunciando al suo stipendio... Insomma l'hanno fregato.»

«Ma, mamma, la storia degli esodati e della Fornero ormai è di quasi cinque anni fa, allora ero ancora in Italia e vivevo a casa con voi. Come avete fatto a non farci capire nulla?»

«Ci abbiamo provato e ci siamo riusciti...»

«Scusa, e il resto invece? I vostri investimenti, il tuo lavoro?»

«Ancora peggio, hanno tentato di salvare la nostra banca un sacco di volte, un po' come per il Monte dei Paschi di Siena, almeno così mi hanno raccontato. Poi, per non farla fallire, hanno praticamente azzerato tutti i conti e le obbligazioni, facendo pagare ai poveri disgraziati come noi gli errori dei grandi capi, anni di porcherie e investimenti sbagliati...»

«Mamma non immaginavo, davvero...»

«E invece sbagliavi, comunque è anche colpa nostra che non ti abbiamo mai coinvolto in nulla. Ma non vorrei parlare di questo adesso, piuttosto spiegami che cosa ne hai fatto, di quei soldi, perché ne avresti avuto bisogno?»

«Li ho investiti mamma.»

«E dove?»

«In un'attività commerciale.»

«Un'attività commerciale? Dimmi almeno che li hai messi in qualcosa che conosci, tipo un ristorante, una trattoria dove cucini il risotto alla milanese, ti prego...»

«Più o meno.»

«Cosa significa più o meno? Che cavolo di risposta è?»

«Vuol dire che stiamo per aprire un coffee shop...»

«Un bar?»

«Be', non proprio...» Pio continuava a girare attorno a quello che le avrebbe dovuto raccontare.

«Puoi essere più chiaro, tesoro?»

«Insomma, direi che inaugureremo presto qualcosa che in Italia non esiste proprio, mentre qui in Olanda va moltissimo.»

«Tu e chi?»

«Io e altri tre ragazzi, qui ad Amsterdam.»

«Italiani?»

«No, un belga, una olandese e un maghrebino.»

«Un che?»

«Maghrebino, mamma, un ragazzo del Maghreb, un marocchino.»

«Quindi un arabo, un islamico?»

«Sì, ma è cresciuto in Belgio. So cosa stai pensando, ma credimi, lui è la persona più lontana dai casini dell'anno scorso che ci possa essere.»

«Ah, adesso mi sento più tranquilla» aveva commentato la Piera con quanta più ironia riuscisse a infilare nelle sue parole «e quanti soldi ci hanno messo i tuoi nuovi soci in questo... come hai detto che si chiama?»

«Coffee shop, mamma... Come me, abbiamo fatto la società dividendola in parti uguali.»

«E vi sarebbero bastati ottantamila euro?»

«Intanto sono centoquaranta, mamma. Sul nostro conto ce n'erano quasi trentacinquemila... fai per quattro.»

«Ma mi dici che cosa intendi per coffee shop? Sai, a sessantacinque anni, non riesco a stare dietro a tutto...»

«Mamma, è qualcosa di nuovo, almeno per la nostra mentalità, è un locale un po' particolare, diverso da tutto quello che ti puoi immaginare. Diciamo che in Italia di posti così ancora non ce ne sono, almeno "ufficiali", mentre ad Amsterdam sono più dieci anni che esistono, e vanno da dio.»

«Pio, io non ci ho capito nulla.»

«Mamma, fai una cosa, visto che su internet ci vai già con Facebook, cerca su Google che cosa sono e poi ne riparliamo...»

«Ma scusa, perché non puoi dirmi tu di che cosa si tratta?»

«Perché al telefono è complicato.»

«Non è che stai facendo qualcosa di irregolare, contro la legge, vero Pio?»

«Ma va, mamma, stai tranquilla, vai a leggere e capirai. E ti assicuro che i tuoi soldi sono stati investiti bene. Ora però devo proprio andare, perché siamo ancora indietro con i lavori del locale. Sai, per risparmiare stiamo facendo quasi tutto da soli, anche dipingere le pareti...»

«Ma il tuo lavoro da cuoco, nel ristorante dove stavi facendo carriera?»

«Storia, mamma, storia. Mi sono licenziato, adesso è l'Alzano il mio scopo di vita.»

«L'hai chiamato come il paese. Be' almeno questo è carino...»

«Vedi che ti sto convincendo.»

«Non proprio Pio, vorrei capire di più, e da mamma sono preoccupata.»

«Ma dai, rilassati, qui è tutto okay.»

«Peccato che, invece, per noi sia un disastro!»

«Adesso lo so, mamma, e come ti ho detto mi dispiace tantissimo, ma non potevo sapere quello che stava succedendo e ti assicuro che, se ne fossi stato a conoscenza, ovviamente non avrei preso un euro...»

«Ma intanto...»

«Intanto è cosa fatta e non posso tornare indietro. Ma

vedrai, quando potrò spiegarvi meglio, tu e papà rimarrete entusiasti. Sto per tornare mamma. Ho bisogno di fare dei documenti in Comune, la prossima settimana arrivo e vi racconto tutto...»

«Almeno una bella notizia, in questo mare di schifezze...»

«E ti porto anche un po' di prodotto che va per la maggiore nei coffee shop da queste parti. Se poi te la sentirai di provarlo, sono sicuro che ti potrebbe piacere. Adesso però scappo. Baci mammina.»

7

«Buongiorno signora, è da un po' che non ci vediamo, tutto bene? Io e la Giovanna ci stavamo preoccupando.»

L'edicolante all'angolo della via principale di Alzano Lombardone con la sua solita maniera gentile si era rivolto alla Piera, che quasi aveva urtato la pala con la quale lui stava tentando di rimuovere la neve dalla strada.

«Salve signor Colombo, anche per me è un piacere. Sì, ha ragione, è un po' che non passo da queste parti, ma sa, da quando la mia vita, con la chiusura della drogheria, è completamente cambiata, non devo più prendere il pullman per Pavia. Per quello che ho da fare, adesso vado in giro a piedi e per la spesa uso la Ford di Celestino.»

«Ma ha smesso di comprare anche il *Corriere*?»

Un po' imbarazzata, visto che con i tempi che stava vivendo anche un euro e mezzo al giorno poteva fare la differenza, Piera se l'era cavata con una frase adeguata alla situazione: «No, certo che no. Leggiamo quello sul computer, così non devo fare tutta questa strada, soprattutto d'inverno».

Mentre gli stava rispondendo, aveva pensato che, di lì a poco, anche i 15 euro al mese di internet, per loro, sarebbero diventati un lusso insostenibile.

«La capisco, peccato però, perché così non ci vediamo quasi più... Le va se le offro un caffè? Oggi il ghiaccio e la neve sembrano aver tenuto lontani i clienti e poi nel caso c'è Said, che può rimanere solo per qualche minuto.»

«Said? Chi è? Non l'ho mai visto...»

«È un rifugiato, arrivato qui sei mesi fa dalla Siria con sua moglie e i due bambini. Davvero una brava persona, pensi che è laureato in informatica e la moglie è infermiera diplomata. Lui mi dà una mano qui all'edicola, lo pago quel che posso, lei invece ha trovato un posto alla prigione di Opera... Venga, andiamo al bar qui di fronte che le racconto. Said, me ne vado per dieci minuti, mi raccomando. Vuoi che ti porti una brioche?»

Poco più in là, un uomo vestito con una giacca a vento decisamente più grande del dovuto aveva annuito, facendo un gesto con la mano destra.

«Le dispiace, signor Colombo, se con il caffè prendo anch'io qualcosa da mangiare?» aveva chiesto la Piera una volta di fronte al bancone. «Sa, stamattina sono uscita di corsa e non ho neppure fatto colazione...»

«Ma certo, signora, prenda ciò che desidera, offre la casa... Comunque le stavo raccontando di Said e sua moglie. Lei adesso lavora per l'impresa di pulizie che si occupa del carcere di Opera, sa, quello vicino alla tangenziale.»

«Sì lo conosco, una volta quando mio marito giocava ancora a calcio, ci ha fatto una partita, la sua squadra contro quella dei detenuti. Be', per lei non sarà come fare l'infermiera, ma è sicuramente meglio di come sono finiti tanti altri profughi...»

«Gliel'ho trovato io, il posto. Chi gestisce la cooperativa è un mio vecchio amico, avevano bisogno di personale dopo aver vinto l'appalto anche per l'ala femminile e l'hanno presa subito.»

Piera ascoltava mentre dopo il primo bombolone aveva chiesto se poteva averne un altro. La conversazione era poi scivolata ancora sulla drogheria e su come i paesi della zona oramai fossero solo dei dormitori.

«E menomale che ci sono i cinesi» aveva proseguito lui sorridendo. «Guardi lei, delle sette attività che sono rimaste aperte tre sono loro: una lavanderia, un ferramenta e il centro massaggi: quello non poteva davvero mancare, ha la scritta "aperto" accesa a qualsiasi ora...»

Piera aveva annuito, conscia di quello che stava diventando il paese dove era nata e cresciuta e dove il negozio di fruttivendolo di suo padre, dopo la sua morte, non aveva mai più riaperto, tanto il discount a un chilometro di distanza aveva tutta la frutta possibile a prezzi stracciati. Terminato il caffè, i due erano tornati nei pressi dell'edicola dove la Piera aveva salutato il signor Colombo, promettendogli che sarebbe ripassata presto da quelle parti, anche perché voleva capire se la moglie dell'edicolante, che da sempre in paese aveva sistemato i vestiti per tutti, magari potesse darle qualche lavoretto extra per cercare di portare a casa qualche soldo.

«Eh, signora Piera» aveva sospirato lui «ma secondo lei i cinesi della lavanderia, oltre ai servizi classici, che cosa offrono? Accorciano, sistemano, tagliano, insomma tutto quello che faceva la Giovanna, chiedendo meno della metà. Anche quel capitolo lì è chiuso, finito, adesso mia moglie fa la pensionata a tempo pieno...»

«Almeno se lo può permettere» aveva commentato Piera a bassa voce.

«Come signora?»

«No, dicevo, fortunata lei che riesce a starci dentro. Noi

invece non potremo mai andarci, in pensione, dopo tutti i casini che abbiamo avuto.»

«Ho saputo anche di quello che vi è capitato con la banca. Che sfortuna, pensi che noi abbiamo sfiorato il bagno di sangue per pochi giorni. Ho avuto come un sesto senso, e poco prima del crollo sono andato lì e ho svincolato tutto. Sono uscito dalla filiale come un rapinatore» aveva proseguito Colombo sorridendo «con una valigetta piena di banconote da cinquanta euro. Solo che questa volta il furto l'ho evitato io. Comunque, signora, un po' mi vergogno quasi a dirglielo, ma se ha bisogno di lavorare io un'idea ce l'avrei, per lei...»

«Ma perché si dovrebbe vergognare?»

«Perché per una come lei potrebbe essere qualcosa di sminuente...»

«Ma si figuri...» aveva risposto lei incuriosita, ma anche un po' imbarazzata.

«Be', si tratterebbe proprio della prigione di Opera, cercano ancora due addette alle pulizie, per le cucine e per i locali comuni.»

«E perché dovrebbe preoccuparsi di farmi una proposta simile?»

«Perché è lontano, perché il posto non è certo l'Excelsior, perché pagano poco e perché si tratta del turno di notte. Le può bastare?»

«Certo che mi basta, per me va benissimo!» aveva risposto al volo lei.

«Ma io intendevo se le potevano bastare tutti i lati negativi che le ho messo in fila...»

«Quelli non mi interessano, signor Colombo, prendo il lavoro e basta.»

«Ma sono 800 euro al mese...»

«Lordi?»

«Non esageriamo, no, netti.»

«Perfetto, quando posso iniziare?»

«Non so, più tardi chiamo il mio amico e gli chiedo tutto. Poi, lei faccia così: questo è il suo numero. Gli dà un colpo di telefono lei stessa stasera e vedrà che troverà una persona gentile e a modo.»

«Grazie infinite signor Colombo, non so come potrò mai ricambiare» aveva esclamato Piera con una voce speranzosa che non sentiva uscire dal suo petto da settimane «lei non sa che cosa ha appena fatto...»

«Veramente ancora nulla, signora... Intanto lo chiami, e vedrà che andrà tutto per il meglio. La devo lasciare, adesso, e mi saluti anche suo marito...»

8

La prima sera di lavoro al carcere di Opera, Celestino aveva insistito per accompagnarla, per poi andare a riprenderla per le sei della mattina successiva.

La Piera aveva tentato in ogni modo di dissuaderlo, ma non c'era stato verso.

«Le strade la mattina presto sono ghiacciate di questi tempi» le aveva detto lui per cercare di convincerla «e con la stanchezza di una notte di lavoro non è sicuro che guidi tu, quindi preparati e sali in macchina, che rischiamo di arrivare in ritardo.»

Piera a quel punto non aveva più ribattuto, forse anche un po' compiaciuta che, una volta tanto, fosse stato lui a prendere una decisione per entrambi, cosa che in passato non era accaduta tanto di frequente. In settimana aveva incontrato per un paio di volte Luigi Lomonaco, quello dell'impresa di pulizia, l'amico dell'edicolante. Come le aveva anticipato il signor Colombo, si era trovata davanti una persona cortese e diretta.

«Signora» le aveva detto subito Lomonaco «le anticipo che il lavoro non è difficile, nel senso che non ci sono tante cose da sapere prima di iniziare, ma è molto faticoso. Poi c'è la questione sicurezza: trovandosi in un carcere, i lavoratori devono seguire alcune regole nei minimi particolari. La mia azienda ha firmato un contratto molto chiaro con il ministero degli Interni, e c'è una parte voluminosa riguardante le mie responsabilità nei confronti dello Stato nel caso ci sia qualche problema all'interno dell'istituto.»

Piera aveva ascoltato con molta attenzione, riservandosi le eventuali domande al termine della conversazione.

«Ogni volta che entrerete a Opera, da una porta che di solito è usata per le visite dei parenti dei carcerati, sarete perquisite dalle guardie carcerarie, ovviamente donne, e dovrete lasciare tutto quello che avete in tasca assieme ai vostri effetti personali in un armadietto. All'interno del carcere non è ammesso nulla di vostro, nemmeno una penna biro. Quindi, per favore, fate molta attenzione, per non creare dei problemi.

Lo stesso discorso vale per l'uscita, ma all'inverso: da lì non potrete portare verso l'esterno nessun oggetto, neppure un pezzo di carta. I motivi mi sembrano ovvi e non sto neanche a spiegarglieli. Siccome al vostro fianco ci saranno sempre delle secondine, se tra la spazzatura o per terra le sembrerà di aver trovato qualcosa di strano, di particolare, non lo tocchi e soprattutto non lo prenda. Lavorando di notte, voi non entrerete mai nelle celle, ma anche nelle parti comuni può capitare, quindi...» aveva concluso «non devo dirle molto. Indosserete un grembiule bianco con una cuffia per la testa, quindi dovrà legare i capelli, signora. L'entrata è prevista alle 21.55 tutte insieme. Se arriverà in ritardo, non la potranno far entrare e perderà il turno. Per contratto, se ciò dovesse accadere per due volte, anche non consecutive, la possiamo lasciare a casa, quindi le consiglio di presentarsi sempre almeno un quarto d'ora prima del dovuto. Il contratto è di sei mesi, con regolare assunzione, ma al termine potrebbe anche non essere riconfermato. Dipenderà dalle circostanze e dalle richieste del ministero.»

Piera aveva seguito con attenzione tutto quello che le era stato detto, segnandosi su un quadernetto le cose principali, poi prima di salutarlo aveva domandato se era prevista una pausa durante le otto ore.

«Certo, 45 minuti all'una, per mangiare qualcosa, che vi daranno sul posto, e poi ci sono due pause per il caffè...»

Dopo essersi scritta anche quest'ultima indicazione, aveva firmato il contratto e aveva salutato Lomonaco.

Quella stessa sera, una volta salita in auto, Piera non era stata di grande compagnia. Cele ci aveva messo qualcosa più di mezz'ora percorrendo la statale della Valtidone che, a quell'ora della sera, in direzione di Milano è scorrevole. Durante il viaggio, le aveva fatto solo un paio di domande, era curioso soprattutto di sapere come si immaginava la moglie del siriano che lavorava dal Colombo.

«Non ne ho idea» aveva risposto lei «speriamo solo che parli un po' di italiano, altrimenti lì dentro mi sentirò davvero persa.»

Quando la Focus degli Aiello si era fermata davanti all'ingresso "visitatori" mancavano una decina di minuti alle dieci.

«Molto bene, caro» aveva detto la Piera «grazie del passaggio, ma la prossima volta devo arrivare prima, sarebbe bastato un incidente sulla strada e avrei già fatto tardi al primo giorno. Anche per questo, ti prego, fammi venire da sola, così almeno le responsabilità per eventuali ritardi sono solo mie...»

Celestino aveva annuito porgendole il thermos che aveva preparato a casa con del caffè al ginseng, il preferito di sua moglie.

«Grazie tesoro, un pensiero bellissimo, ma non posso. Se me lo porto dietro, finirebbe a raffreddarsi nell'armadietto, a meno che non me lo beva tutto subito, cosa che non credo possibile. È il regolamento. Lì dentro non possiamo portare nulla.»

Abbandonato il thermos sul sedile dell'auto, si era incamminata verso l'entrata, dove ad aspettarla c'era una donna vestita con una specie di gonna lunga, nera, bordata di bianco con sopra un piumino scuro.

La Piera l'aveva fissata per qualche secondo, poi le aveva teso la mano.

«Tu devi essere...»

«La moglie di Said, piacere, mi chiamo Aidha.»

«Io sono Piera, piacere mio.»

La Piera si era trovata davanti una donna molto più giovane di quanto avesse pensato, con un viso tondo, molto bello, segnato però da una lunga cicatrice sulla parte destra. Il suo italiano era quasi perfetto.

«Qualcosa non va?» le aveva subito chiesto l'altra. «Hai fatto una strana espressione. È per la cicatrice vero? Mi capita sempre, è la reazione di tutti quelli che incontro la prima volta...»

«No no» le aveva subito risposto la Piera «credimi è per come parli l'italiano, benissimo...»

«Ti ringrazio, l'italiano, insieme con il francese, l'ho studiato a scuola, prima della guerra, durante il corso di infermiera. Venire a lavorare da voi è sempre stato un mio desiderio e volevo arrivarci preparata... Non è andata proprio come mi ero immaginata, ma c'è ancora tempo, non credi?»

Piera stava per risponderle quando, con un rumore sordo, la porta d'accesso al carcere si era aperta e le due donne erano state invitate a entrare.

9

Il primo mese di lavoro a Opera era volato. Piera, oltre a trovarsi molto bene con Aidha, che col tempo era diventata per lei quasi una seconda figlia, aveva instaurato un buon rapporto anche con le guardie carcerarie del turno di notte. Il rigido protocollo che regolava l'entrata e l'uscita dall'istituto era diventato, con il passare del tempo, una specie di routine. Le perquisizioni all'ingresso erano diminuite progressivamente, sino al semplice saluto all'entrata e all'uscita.

Dopo qualche giorno, Piera aveva offerto ad Aidha, considerato che abitavano abbastanza vicino, di venirla a prendere a casa e poi di riaccompagnarla a fine turno. Inizialmente lei non aveva accettato, poi, dopo qualche incertezza, si era fatta convincere. Nessuno di quei viaggi insieme era mai stato noioso, anzi. Per Piera c'era stata, ogni volta, l'occasione di sentire delle storie di una realtà lontana anni luce dalla sua, sulla quale non si era mai fatta tante domande. Ogni sera, era un po' come se qualcuno le stesse leggendo un libro. Dovendo guidare, non poteva chiudere gli occhi, ma tutti i particolari che la sua nuova amica le dava le facevano vivere le situazioni narrate come se le avesse vissute personalmente. In particolare si immedesimava nelle descrizioni drammatiche, dei mesi sotto le bombe, della scarsità di cibo, della continua ricerca di una via di fuga da quell'inferno. Grazie anche a quei racconti, tra loro si era creato un legame che andava al di là di un semplice rapporto tra colleghe. Per il tempo del viaggio in auto, era come se fossero loro due e basta, con il resto del mondo che ruotava attorno.

All'interno del carcere le due donne non avevano praticamente contatti con nessun altro, a parte le secondine. Le detenute, quando arrivavano loro, avevano già tutte la luce spenta e la mattina, a fine turno, non si erano ancora svegliate. Solo una volta ogni tanto, Aidha e Piera dovevano pulire delle celle appena liberate da quelle che avevano finito di scontare la propria pena o che erano state trasferite. Il lavoro consisteva nello sbattere i materassi con una specie di battipanni, pulire al meglio per terra e disinfettare i bagni. Tempo totale dell'operazione: dieci minuti scarsi, e se poi le secondine che le accompagnavano accettavano di dar loro una mano per risistemare i letti, ancora meno. In uno di questi casi, però, era accaduto che la cella da pulire fosse ancora abitata. Una tubatura aveva ceduto nel pomeriggio e così, per dar tempo agli operai di ripararla, le detenute erano state spostate per una notte nella zona dell'infermeria. Finiti i lavori, prima di farle rientrare, era toccato a Aidha e Piera ripulire tutto.

Oramai erano le cinque e mezza passate e il loro turno stava per finire, quando, proprio mentre Piera stava spingendo l'ultimo dei quattro materassi contro il muro, la sua attenzione era stata attratta da qualcosa contro la parete: una piccola agenda, quasi mimetizzata col color grigio topo della pavimentazione. L'aveva raccolta e in pochi secondi sfogliata velocemente. All'interno, in una grafia un po' malcerta, c'era un elenco di nomi strani, ciascuno seguito da una serie di lettere prive di senso.

007 dregtd0wqi
BRUCE efdjmtgdob
BERGAMOTTO drtyhoffd1

Pagine e pagine zeppe di nomi e lettere senza senso. Solo gli ultimi fogli erano differenti, con dei numeri scarabocchiati a matita, che sembravano più dei conti della spesa che altro.

Con ancora l'agendina tra le dita, si era sentita toccare una spalla in modo brusco. Dietro di lei, una delle tre occupanti della cella la stava osservando.

«Questa è roba mia» le aveva detto la donna strappandole il libretto dalle mani.

Piera, impaurita, aveva lasciato subito la presa.

«Nella vita, non ti hanno mai insegnato a farti i cazzi tuoi, eh?» aveva proseguito la detenuta, una che non doveva avere più di trent'anni, con un forte accento meridionale. «Se trovi qualcosa da queste parti, la lasci dove sta, non te l'hanno detto le tue colleghe... pulitrici?»

«Veramente no, e ti chiedo scusa, anche se sai che dovrei darla alle secondine, l'agendina...»

«Se l'avessi lasciata dov'era, non ci sarebbero stati problemi... O sei forse una che è stata messa qui per controllarci? Comunque, la prossima volta lascia perdere, è meglio per tutti.»

«Scusami ancora, è che mi sembravano dei codici segreti, come in quei telefilm... Mi sono incuriosita.»

«Ma che telefilm! Qui siamo a Opera non a Miami, tesoro. E che cosa ti interessava, di 'sto quadernetto, eh? Sentiamo...»

«Be' è pieno di cose che non capisco... Ma tu, come ti chiami?» le aveva poi chiesto Piera per cercare di migliorare la piega che aveva preso la conversazione.

«Marika.»

«Piacere Marika, io sono Piera. Napoletana eh?»

«E tu come lo sai?»

«Hai lo stesso accento di mio marito. Più di trent'anni al Nord, ma Fuorigrotta non si scorda mai, soprattutto nella parlata...»

«Bene, buon per lui, ma non è questo il punto, amica mia. Dimmi un po' allora: che cosa avresti capito dell'agendina?»

Con le guardie in arrivo con le altre detenute da riportare in cella, Piera aveva deciso che a quel punto era meglio non tirarla troppo per le lunghe.

«Assolutamente niente.»

«Meglio per te» aveva tagliato corto Marika, stendendosi sul lettino. «Allora salutami Fuorigrotta, che io comunque sono di Soccavo. Ah, e visto che me ne devi una, la prossima volta che passi da queste parti, fammi un piacere: portami due pacchetti di Marlboro rosse. Dai, che magari inizia un'amicizia.»

«Ma come faccio a dartele?»

«Me le butti sul pavimento, al buio, non preoccuparti che poi le trovo...»

Dopo averla ascoltata, Piera l'aveva salutata con un semplice gesto della mano uscendo dalla cella.

In macchina verso casa, Aidha le aveva chiesto di cosa avessero parlato, ricordandole in maniera timida ma sincera che, da regolamento, non era permesso avere nessun tipo di scambio con le detenute.

«Nulla, sciocchezze. Mi ha solo chiesto se la prossima volta le posso portare delle sigarette...»

«E tu cosa le hai risposto?»

«Che ovviamente non posso, non sono mica stupida.»

10

Quel sabato mattina il campanello della cascina aveva suonato più presto del solito. Non che Piera e Celestino fossero abituati a dormire fino a tardi, ma le sette e mezza erano un orario decisamente strano, considerato che non stavano aspettando nessuno.

Alzatosi di scatto, barcollando dalla camera da letto fino al corridoio, Cele si era trascinato fino al cortile. La luce del giorno faceva ancora fatica a illuminare l'aia, con la classica foschia bagnata della Bassa che ancora non si era alzata. Col cappotto sopra il pigiama, Celestino era arrivato al cancello di legno d'ingresso. Di fronte a lui, in quello strano controluce, come fosse un fantasma, c'era Pio. Ai suoi piedi, due zaini e una tracolla appoggiati per terra.

«Pio, ma cosa ci fai qui? Tutto bene? Mamma mi aveva detto che saresti arrivato la settimana prossima...»

«Ciao papà, tutto bene, non preoccuparti, ho deciso di anticipare per farvi una sorpresa, e perché mi sentivo in colpa per la storia dei soldi e volevo parlarvi di persona.»

Pio aveva una personalità molto diversa da quella dei suoi. Da sempre coltivava l'idea di staccarsi dal mondo in cui era cresciuto. Non che da ragazzino gli fosse mancato qualcosa, anzi. Piera e Cele avevano dato a lui e a Emilia tutto quello che potevano, ricevendo in cambio affetto e gratitudine. Era solo che lui aveva capito, sin da subito, che doveva andarsene al più presto da quel posto. Gli studi, il lavoro, i viaggi e infine l'Olanda lo avevano trasformato in poco tempo.

Dopo essersi offerto di aiutarlo con i bagagli, Cele aveva cominciato a chiamare la Piera, che non aveva risposto.

«Non ti preoccupare, pa'» aveva detto Pio «vado io da lei, così completo la sorpresa.»

Era poi salito direttamente al primo piano della casa, entrando in camera da letto dei suoi.

«Mamma, sono io...»

«Oh cielo, Pio... ma come mai sei qui? Non ti aspettavamo...»

«Ma se ieri ti avevo detto che sarei arrivato...»

«Davvero? Allora tua madre è proprio andata. Scusami, adesso mi dimentico anche di mio figlio.»

«Sta scherzando, Piera, non vedi?» era intervenuto Celestino. «Doveva venire settimana prossima, ti sta prendendo in giro.»

Dopo qualche secondo, un enorme sorriso era spuntato sulla faccia della donna, che si era subito lasciata andare in un abbraccio, che sembrava non voler terminare mai.

«Ma', così finisci col consumarmi, poi non ti resta più niente» le aveva detto Pio, altrettanto sorridente.

Piera sembrava non volersi più staccare da suo figlio, non lo vedeva da troppo tempo. Tutto quello che era successo negli ultimi tempi sembrava completamente svanito dalla sua mente. Era come se quell'abbraccio la stesse ricaricando di almeno una parte dell'energia persa negli ultimi mesi. Pio l'aveva capito e non si era sottratto al suo affetto.

«Vabbe' dai, adesso vai a farti una doccia e cambiati» era intervenuto Celestino. «Camera tua è sempre lì, non l'abbiamo ancora... affittata. Se vuoi riposati, che poi mangiamo tutti insieme qualcosa.»

Pio, lasciando le braccia di sua madre, lo aveva guardato come per implorarlo.

«Se potessimo iniziare dalla fine? Ho una fame pazzesca mentre non mi sento tanto stanco... in pullman ho dormito quasi sempre.»

«In pullman? Ma non sei venuto in aereo?» gli aveva domandato lei.

«No, uno degli sponsor del coffee shop è una compagnia di pullman veloci, che collega giornalmente Amsterdam a Milano, ci pagano in cambio merce, nel senso che non ci danno soldi ma biglietti omaggio, quindi...»

«Ma quanto è durato 'sto viaggio?» aveva domandato il padre.

«Quasi venti ore.»

«Io non avrei mai potuto farcela, ragazzo mio.»

«Be', direi, non è fatto per voi, quel tipo di viaggio...»

«Guarda che negli anni Ottanta, quando ho conosciuto tua madre, per venire in treno da Napoli a Milano ci si metteva anche dieci ore. Ma in treno era diverso, ti potevi muovere.»

«In realtà, il tempo è passato in fretta, ve lo assicuro. Ho baciato Alessia, ho dormito appoggiato alla sua pancia, accarezzandogliela...»

«Non credo di aver compreso bene...» aveva esclamato Piera.

«Nemmeno io» le aveva fatto eco Celestino.

«Io penso invece che avete capito entrambi perfettamente. Ma vi prego, prima fatemi mettere qualcosa sotto i denti, poi vi racconto tutto.»

«Ma lei, questa Alessia, dov'è adesso?»

«Fuori dal cancello, che sta aspettando un mio cenno per entrare...»

«Ma sei impazzito?» aveva ripreso la Piera con aria preoccupata. «Ma ci saranno due gradi sotto zero. Chiamala subito!»

«Sta ancora scherzando, Piera, non gli vedi la faccia?»

«Sì, dai, mamma, dicevo così per dire... Alessia adesso è a casa sua, in centro a Milano.»

Non sapendo cosa pensare Piera era andata verso la cucina mettendo in piedi in pochi minuti una colazione con pane, uova e marmellata.

«Quindi adesso me lo puoi confessare: i soldi li hai presi per questo, perché stai diventando padre, non per il bar come mi hai detto al telefono.»

«No, assolutamente no, i soldi mi servivano esattamente per quello che ti ho raccontato. Se tu e papà mi date un'oretta per riposarmi, poi ci sediamo e vi racconto tutto. Vi stupirò!»

«Più di quanto hai fatto piombandoci in casa in questo modo?»

«Di più, mamma. Molto di più...»

11

Dopo una doccia durata una mezz'ora abbondante, Pio era crollato sul letto in quella che era ancora la sua cameretta, esattamente come l'aveva lasciata sette anni prima. Gli stessi poster alle pareti, gli stessi libri sul comodino, i suoi palloni da basket, la racchetta da tennis, gli stessi gadget messi sulle mensole anni prima. Con lo sguardo fisso alla foto autografata di Valentino, al tempo del suo ultimo mondiale vinto in moto GP, aveva chiuso gli occhi ripromettendosi di riposare una decina di minuti soltanto. Poi era sprofondato in un sonno di piombo.

Sentendolo russare, i genitori lo avevano lasciato dormire, continuando la loro routine del sabato, basata essenzialmente sulla maniacale pulizia di casa. Verso le cinque la Piera era andata a dare un'occhiata in camera del figlio. L'aveva accolta uno strano odore che non apparteneva a quelli classici di casa. Pio dormiva come un bambino e la Piera era ritornata alle sue attività non dando importanza, più di tanto, a quel particolare "profumo".

«Meno male che il viaggio era stato comodo e rilassante» gli aveva poi detto, quando, un'oretta più tardi, Pio si era finalmente presentato in cucina.

«Non so cosa mi sia successo, evidentemente avevo del sonno arretrato, comunque ho dormito benissimo, facendo dei sogni splendidi.» Dopo essersi versato una tazzina di caffè, aveva cominciato a descriverli, con i genitori in attesa che il discorso virasse invece sui soldi, la banca, le sue idee. Ma Pio sembrava non voler affrontare l'argomento.

Non che paresse teso o preoccupato, anzi, da quando si era svegliato non aveva mai smesso di sorridere dimostrandosi decisamente felice di essere lì con loro. Anche per questo la Piera non aveva voluto pressarlo, pensando che, a quel punto, mettergli fretta non avrebbe avuto alcun senso.

Passato ancora un bel quarto d'ora, era toccato a Celestino interrompere quei resoconti onirici e andare al sodo.

«Pio, allora, dicci tutto, perché ci hai fatto questo scherzo? Sapevi che cosa ci sta succedendo, sapevi che io ero senza pensione e che la mamma era stata licenziata, ma hai agito lo stesso, senza neppure avvisarci...»

«Papà, la tua situazione la conoscevo, anche se non mi ricordavo esattamente per quanto sarebbe durata. Della mamma, invece, dovete credermi, non avevo la minima idea. La drogheria mi sembrava un posto sicuro, quando sono venuto per Natale e siamo andati insieme a trovarla al lavoro, erano tutti allegri e felici in negozio... Ve lo ripeto, mi dispiace da morire, ma vedrete che andrà tutto per il meglio: come vi ho già detto al telefono, non solo vi ridarò i soldi presi dal conto, ma restituirò tutto con gli interessi.»

«E come farai? Adesso che stai anche diventando padre, almeno così mi è parso che ci volessi far capire, le spese aumenteranno» lo aveva incalzato Celestino.

«Ma no, anzi, è tutto sotto controllo. Adesso vi spiego con calma ogni cosa. Innanzitutto Alessia, la ragazza del pullman, con tutta questa cosa non c'entra nulla, con i soldi e il locale non ha niente a che fare. Su di lei, cosa volete che vi dica: che è milanese, che studia arti grafiche ad Amsterdam, che è figlia di due avvocati e che l'unica cosa che abbiamo deciso è di tenere il bambino.»

Con una faccia come quella di due che assistono alle estrazioni del lotto, sperando, nonostante non abbiano mai vinto nulla, che esca almeno un ambo, se non un terno, Piera e Celestino non avevano fiatato, lo ascoltavano, deglutendo.

«Alessia non sa nulla dei soldi e di come li ho trovati. Per lei sono i miei risparmi degli ultimi due anni. Ho dovuto mentirle, perché stava insistendo troppo per diventare socia del coffee shop, addirittura voleva finanziarlo quasi tutto lei con quello che le avrebbero dato i suoi. Ma di lei vi parlo dopo, adesso dovete concentrarvi su un altro argomento...»

Su quest'ultima frase, Pio si era alzato da tavola, dando le spalle alla finestra, quasi volesse essere illuminato meglio per quello che stava per raccontare.

«Mamma, papà» aveva attaccato «voi sapete che cos'è la marijuana, vero?»

A quel punto, un lungo silenzio era piombato nella stanza. Poi Piera aveva risposto cercando conforto nello sguardo del marito: «Be', sì, credo di sì. È droga, no? O sbaglio?».

«Be', non proprio, mamma...»

«Come no? Ho sentito proprio l'altro giorno di uno che aveva un negozio di ferramenta, a Lodi, e che è stato arrestato perché la vendeva sottobanco...»

«Allora, diciamo che tecnicamente, almeno in Italia, è ancora considerata droga, soprattutto se parliamo di quelli che la spacciano... ma in realtà è tutt'altra cosa.»

«E con questo, cosa intendi dire?» gli aveva chiesto la Piera, che stava cominciando a preoccuparsi.

«Che in Olanda è tutto diverso, sono oramai anni che la marijuana è considerata molto meno pericolosa del tabacco e dell'alcol. Pensa che da tempo è prescritta anche dai medici come rilassante e antidolorifico.»

«Faccio fatica a seguirti, Pio» era allora subentrato Celestino.

«Arrivo subito al punto. Da quando il governo olandese ha capito che, per eliminare gli spacciatori di strada, bastava legalizzare la "maria", hanno aperto decine di quelli che chiamano "coffee shop", dove tu puoi andare a fumartela o anche a comprarla per portartela a casa. Da quel momento sono spariti i brutti personaggi come quelli che trovi in giro di notte dalle nostre parti... È stato un po' come la fine del proibizionismo in America, negli anni Venti.»

«Ah...» era stato l'unico commento, in coro, di Piera e Cele.

«Ma c'è di più, in questi locali puoi consumare un sacco di prodotti a base di erba: il tè, i dolci, il cioccolato... ci sono persino gli spaghetti alla maria! E adesso, ascoltatemi bene, che viene il bello. Quando sono tornato ad Amsterdam, i due che lavoravano con me al ristorante italiano mi hanno raccontato che un loro conoscente doveva mettere all'asta un coffee shop. Aveva fatto casino con i permessi, e il comune lo aveva costretto a vendere. La posizione del locale non era centralissima, ma la zona era quella giusta, nella parte di Amsterdam che sta diventando di moda di questi tempi. Gli altri due ragazzi sono olandesi, quindi non hanno avuto problemi né a partecipare alla vendita né a intestarsi la licenza del locale. Così abbiamo trovato un quarto socio, fatto due conti e deciso per il grande passo. Il posto era già carino, ma ci siamo detti che dovevamo metterci le mani, per tirarci fuori qualcosa di diverso, di nuovo. Fra due settimane i lavori saranno finiti e lo apriremo. Il nome Alzano

Coffee Shop è piaciuto anche a loro, un po' diverso anche questo...»

«Quindi, anche se lì non è contro la legge, possiamo dire che, in maniera molto moderna, vendi droga per vivere?» lo aveva interrotto Piera. «Ma i tuoi sogni di diventare uno chef stellato dove sono finiti? Tutti i sacrifici, tuoi, ma anche nostri, per mandarti alla scuola giusta a che cosa sono serviti, dimmelo!»

Pio li aveva guardati senza smettere di sorridere. Quello che si era fumato poco prima in camera sua gli stava dando una mano ad affrontare nel modo migliore una situazione non facilissima.

«Dai, papà, te l'ho già detto, ho fatto le cose con la testa. Il nostro business plan prevede di rientrare, in meno di un anno, di tutto quello che abbiamo investito, quindi i vostri soldi torneranno tutti indietro e poi io, una volta che vi avrò ripagati, vi tratterò come soci, divideremo gli utili che arriveranno dallo shop. Inoltre mamma, la cucina che avremo al locale non sarà da Guida Michelin, ma riusciremo comunque a preparare dei primi fantastici, siamo cuochi veri, tre soci su quattro.»

«Cucina drogata, ecco che cosa farete. E io che ti pensavo a preparare piatti da concorso, come si vedono in quei film francesi. Che delusione, Pio, che delusione.»

«Mamma, dai, non esagerare, cucina drogata... Cucina alternativa, direi. Guarda, se vuoi, mi puoi mettere alla prova, qui, stasera. Volevo già propormi di cucinare per voi, ci aggiungo anche l'ingrediente a sorpresa e vedrai che non resterai delusa...»

«Ma non ci pensare nemmeno!»

«E dai...»

«E l'ingrediente a sorpresa sarebbe la tua "maria"? E dove la prendi, da queste parti? Non penso sia tanto facile trovare quel tipo di erba nel nostro orto...»

«Tranquilla, mi sono portato le scorte da Amsterdam...»

«Quindi sei una specie di trafficante?» gli aveva detto allora il padre, rimanendo con la bocca spalancata.

«Non è droga, pa', e poi comunque è per uso personale, posso portarmela dove voglio. A ogni modo scherzavo anche stavolta» aveva concluso Pio «non credo sia roba per voi.»

12

Oramai era trascorsa più di una settimana dal suo ritorno a casa, praticamente il limite di tempo che Pio si era dato per restare ad Alzano. In Olanda i muratori avevano quasi finito di lavorare nel coffee shop e presto sarebbe toccato a lui prendere la situazione in mano per non arrivare lungo sull'inaugurazione. Pio era perfettamente conscio dei problemi che aveva procurato ai suoi vecchi, ma la certezza di ripagarli in un futuro prossimo con gli interessi lo liberava dai sensi di colpa. Anche se, stando in casa con loro, aveva toccato con mano le difficoltà che i genitori vivevano ogni giorno.

Per tutta la settimana, al suo risveglio, aveva trovato chiusa la porta della camera dei suoi, con Piera che, tornata a casa all'alba, avrebbe dormito sino dopo pranzo. Celestino, invece, vinta la ritrosia verso tutto ciò che riguardava i computer, stava costantemente attaccato al monitor alla ricerca di un lavoro qualsiasi. La sua condizione di esodato, al di là dell'età, non gli avrebbe permesso di firmare nessun tipo di contratto, nemmeno a tempo determinato, come quello di sua moglie con il carcere di Opera. Quindi non gli restava che sperare in qualcos'altro.

«Se almeno non mi facesse male la schiena» aveva sussurrato più di una volta «andrei in qualche cantiere edile, se ce ne sono ancora.»

Pio lo aveva confortato come poteva, mentre, insieme,

aspettavano il risveglio di Piera, per poi pranzare in famiglia come quando era piccolo. Ovviamente le notizie dell'accaduto erano arrivate anche a Emilia che, una volta saputo che cosa aveva combinato, gli aveva subito telefonato. Anche in quel caso Pio era rimasto calmo, ammettendo le sue responsabilità ma spiegando alla sorella, con qualche dettaglio in più, tutto quello che aveva in mente: «Ti prometto che prima di ripartire lascerò dei soldi a papà e mamma» l'aveva rassicurata al cellulare. «Certo non basteranno per molto tempo, ma almeno gli darò una piccola mano, in attesa di ripagarli per davvero.»

«Ma non accetteranno mai, li conosci, sono orgogliosi, testardi.»

«Vedrò di fare in qualche modo, glieli nasconderò sotto il cuscino prima di andarmene. E poi, comunque, vedrai che al massimo per fine estate sarà tutto a posto, me lo sento.»

«Anch'io dal mese prossimo cercherò di dargli qualcosa, magari duecento euro al mese, di più non riesco...»

«Non devi, Emi, lascia fare tutto a me. Mi sento un po' come quando eravamo piccoli che all'inizio non ti fidavi mai, ma poi avevo quasi sempre ragione io.»

«Quasi sempre, Pio, quasi...»

Emilia non aveva voluto infierire, così, nelle telefonate successive, si era limitata a programmare i dettagli del suo viaggio ad Amsterdam per il giorno dell'inaugurazione.

«Comunque, devi dire a mamma e papà» gli aveva raccomandato l'ultima volta che si erano sentiti prima della sua partenza «che appena mi libero mi prendo qualche giorno per stare un po' con loro. A parte la voglia di tornare a casa, vorrei dare una mano in concreto anch'io. A volte mi sembra che siamo come scappati, tutti e due. E, nonostante non siamo finiti a Sidney, facciamo fatica a tornare. Non è giusto» aveva concluso.

Con le parole della sorella nelle orecchie, nella sua settimana a casa, Pio aveva sempre cucinato, cercando, almeno in quella che era decisamente la sua "zona di conforto", di dare una mano. Era sempre andato lui a fare la spesa. Ogni giorno aveva preparato pranzo e cena cercando di dare veramente il meglio di sé.

«Sei bravissimo, hai un talento immenso in cucina» gli aveva detto ogni volta la madre. «E questo mi fa ancora più male perché stai buttando via tutto quello che la natura ti ha dato.»

E, ogni volta, lui aveva evitato di replicare, facendo cadere nel nulla la discussione. Così per sette giorni, con piatti differenti a pranzo e a cena, Pio si era sentito un po' meno in difetto. Almeno in questo.

13

«Le sigarette, le Marlboro, quelle giuste, me le hai portate sì o no?»

Dal buio la voce era rimbombata nel corridoio principale del braccio femminile di Opera.

Anche quella notte, Aidha e Piera avevano cercato di essere quasi invisibili, mentre si spostavano dalle celle vuote, che avevano appena terminato di riassettare, verso i bagni ancora da pulire. Per fare meno rumore avevano alzato i secchi, evitando così che lo strusciare delle ruote sul pavimento potesse svegliare le detenute col sonno più leggero.

«Che fai, non mi rispondi?» aveva insistito la voce. «Ti caghi sotto? Tranquilla che le guardie, da queste parti, di notte non ci sono, lo sai vero? Stanno ad aspettarvi di là, accanto ai cessi, perché lì possono fumare vicino alle grate che danno sul cortile.»

Aidha si era girata verso la cella numero 32.

«Non dico a te, profuga, sto parlando con la nonna che ti porti in giro...»

Aidha non aveva risposto, cercando anzi di accelerare il passo per arrivare prima alla fine del corridoio.

«Vai, vai avanti» le aveva detto allora la Piera vedendola muoversi «che io ti raggiungo fra un attimo. Se le secondine ti dovessero chiedere dove sono finita, prendi tempo con una scusa qualsiasi, tanto arrivo subito.»

«Una scusa, ma quale? Non ci riuscirò mai...»

«Una qualsiasi, che ne so, domandagli quante sono le detenute musulmane, oppure... insomma, fai tu.»

Aidha aveva annuito, mentre Piera si era fermata davanti alle sbarre della 32.

«Eccomi qua, ma parla piano, Marika, che svegliamo tutte.»

«Ah cazzo, pure il mio nome ti ricordi, certo che per la tua età hai ancora una bella memoria.»

«Sei l'unica detenuta con cui ho parlato in tre settimane, non è stato difficile...»

«Brava, quindi non ti sei dimenticata neppure delle sigarette?»

«No, non mi sono dimenticata.»

«Mi hai portato quelle che ti ho chiesto?»

«Due pacchetti di Marlboro, prese dal tabaccaio del mio paese, regolari, con la marca da bollo.»

«Ottimo, allora adesso mettile per terra e dagli un calcio verso l'interno della cella.»

Piera, senza pensarci troppo, aveva fatto quello che le era stato detto, riprendendo poi a camminare anche lei verso i bagni, in fondo all'ala.

«Almeno posso ringraziarti, o manco quello?» la voce di Marika l'aveva bloccata nuovamente.

«Certo, ma adesso devo davvero andare, sennò mi metto nei guai...»

«E vabbe', non vuoi nemmeno parlare, ciao allora...»

«Ciao.»

«Comunque, quando avete finito» aveva proseguito Marika «trova una scusa e ripassa di qui, ho bisogno di un altro favore...»

«Non credo proprio di poterlo fare.»

«Guarda che non voglio chiederti una lima e delle lenzuola per evadere, quello che voglio dirti è una cosa seria...»

«E come posso riuscirci? Magari ripasso, ma non avremo mai il tempo di parlare. Alla fine del turno, quando andiamo verso le porte esterne, le guardie ci tengono d'occhio anche perché sanno benissimo che quello è il momento più complicato della giornata, quando tutte voi vi svegliate.»

«Oggi non sarà così.»

«Come hai detto?»

«Stanotte sono in meno, non l'hai notato? Due hanno l'influenza e non hanno fatto in tempo a sostituirle. Quindi, se venissero come al solito con voi fino all'uscita, lascerebbero scoperta la zona delle docce che a quell'ora è la più importante. Perciò, se lo vorrai, potrai tornare da me... tesoro.»

«Onestamente, non credo proprio di volerlo» aveva replicato, secca, Piera.

«Se avessi più tempo ti spiegherei quanto invece è importante che tu lo faccia.»

Su quest'ultima frase, la voce di Marika a un tratto era cambiata, si era come rotta per l'emozione. Piera allora aveva ceduto: «Va bene, va bene, farò quello che posso...».

14

Quella notte i bagni erano decisamente più sporchi del solito, tanto che, per pulirli a fondo, Aidha e Piera ci avevano messo molto più tempo del previsto. Sulle guardie, aveva ragione Marika: con due persone in meno, la loro presenza non si era praticamente fatta sentire. Non che questo facesse la differenza sull'intensità e la qualità del lavoro di pulizia, ma l'avere poca pressione addosso le aveva fatte sentire un po' meno obbligate e costrette, tanto che erano andate oltre al tempo limite quasi senza accorgersene.

«Signore, direi che a questo punto possiamo andarcene» aveva annunciato l'unica secondina rimasta con le due donne. «Tempo dieci minuti e qui cominceranno ad arrivare le detenute. Riprendete le vostre scope e le spazzole e avviatevi verso il controllo.»

Camminando verso l'uscita, Piera aveva notato che lei e Aidha erano rimaste praticamente da sole. Nessuna delle sorveglianti le stava seguendo, come invece era sempre accaduto sin dalla prima notte di lavoro. Imboccato il corridoio in direzione contraria, tempo qualche secondo e, alla sua sinistra, sarebbe apparsa la cella numero 32. Era conscia di quanto stava rischiando, ma oramai aveva deciso, non voleva più tirarsi indietro.

«Eccoti qui, nonna. Cosa ti avevo detto sulle guardie, non ci sono, vero?» aveva subito attaccato Marika, avvicinandosi alle sbarre in modo che Piera, questa volta, potesse vederla.

«Sì, è vero, ma come facevi a saperlo?»

«Camorra carceraria» le aveva risposto l'altra, con una smorfia tra il serio e lo strafottente.

A quelle parole Piera aveva fatto un passo indietro, finendo col calpestare il piede di Aidha, che le stava alle spalle, in silenzio, a osservare la scena.

«Ehi, tu "muslim", perché non ti fai un giro? Sì, dico a te, è inutile che fai finta di non capire. Vedi qualche altro musulmano, in corridoio? No, e allora pattina verso l'uscita e lasciaci sole...»

Aidha aveva obbedito senza rispondere, mentre Piera era rimasta ancora col pensiero fisso sull'ultima risposta di Marika. Accorgendosene, l'altra le aveva detto: «Sto scherzando, dai, non preoccuparti, qui non c'è nessuna camorra, almeno che mi riguardi. Ieri sera, in mensa, le secondine parlavano tra loro di come avrebbero gestito la situazione. Ho ascoltato, tutto qui, non immaginarti chissà che...».

«Okay, adesso raccontami quello che mi volevi dire, che stiamo perdendo solo tempo» le aveva replicato Piera.

«Sentimi bene, si tratta di mio figlio che ha sei anni e che vive con mia sorella Marzia, a Lovato. Sai dov'è Lovato, no?»

«Sì, certo.»

«No, perché mi guardavi come se ti avessi detto a Pechino. Comunque, fra tre giorni è il suo compleanno e io, per la prima volta da quando è nato, non ci potrò essere e nemmeno mia sorella, perché quello stronzo del padrone del bar dove lavora non le ha dato il giorno libero. Il problema non è la mattina, quando lui va a scuola e quindi non resterebbe solo, ma nel pomeriggio: nessuno può rimanere con lui, organizzargli qualcosina, una piccola festa tanto da fargli sentire un po' di affetto...»

«E tu vorresti che... ci fossi io lì con lui?» le aveva risposto Piera, guardandola dritta negli occhi.

«Be', sì, dal primo giorno che ti ho visto mi sei sembrata una persona perbene, educata, gentile.»

«Ma se non sai niente di me...»

«Non ne sarei così sicura» le aveva replicato Marika.

«Cosa intendi?» La voce di Piera si era fatta preoccupata.

«Per esempio che tuo marito è di Fuorigrotta...»

Piera, che per un attimo si era immaginata chissà quale minaccia malavitosa, si era sentita subito sollevata.

«Va bene, allora diciamo che sono la persona giusta per questa specie di missione. In caso accettassi, cosa dovrei fare di preciso?»

«Niente di complicato. Giovedì prossimo ti presenti a Lovato, in via Pomposa 25, per le otto di mattina, così mia sorella ti fa conoscere Mattia. Lei gli avrà già raccontato che sei una mia vecchia amica e che passerai il pomeriggio con lui. Poi, insieme, lo accompagnate a scuola, dove tu all'una lo andrai a riprendere, per passare con lui il pomeriggio, fino alle sei, quando mia sorella avrà finito col bar. Tieni» le aveva detto allungando la mano destra con un foglietto tra le dita «qui ti ho scritto tutto, anche il cellulare di Marzia.»

«Ma è complicato e soprattutto è una responsabilità troppo grande, che non credo di potermi prendere...»

«Ma di che responsabilità stai parlando? Dai nonna. Ti gestisci tu la giornata, decidi dove portarlo e cosa fargli fare, alla fine sono solo cinque ore. Hai la macchina, no?»

«Sì.»

«Allora è perfetto, nessun problema. Se poi riesci anche a fargli un regalo, spiegandogli che è da parte mia e comprargli, esagero, la torta, allora...»

«Allora direi che dobbiamo finire qui la nostra conversazione» aveva esclamato Piera, rendendosi conto che mancava davvero pochissimo all'accensione delle luci.

«Quindi accetti?»

Piera aveva esitato ancora un attimo, per poi risponderle: «Ancora due domande, prima di decidere. Intanto, perché mai lo dovrei fare, io che cosa c'entro con la tua vita e i tuoi problemi? E poi, soprattutto, a me che cosa ne viene in cambio?».

«Il perché te l'ho già detto, sei nonna dentro e Mattia ha bisogno di una come te, almeno in un giorno importante come quello. Per quanto riguarda il tuo rendiconto, ovvio che non posso pagarti perché non ho un euro e non posso nemmeno restituirti a breve il favore di persona, visto che rimarrò da queste parti ancora per qualche mese. Allora avrei pensato di darti questa, come ricompensa per il tuo impegno...»

Parlando, Marika aveva sfilato da sotto il pigiama l'agendina grigia, quella con i nomi in codice, che Piera aveva trovato nella cella la settimana prima.

«Ti ringrazio, ma io che cosa me ne faccio? Non mi sembra una gran ricompensa, a meno che tu non mi dica che quei numeri posso giocarmeli al Superenalotto...»

«Ehi, piano, rallenta. Se non hai nemmeno idea di che cosa significa tutto quello che c'è lì dentro, come fai a dire che non ti potrà servire? Tanto per cominciare, quelli che hai visto l'altra volta tra le pagine dell'agenda sono tutti numeri di telefono in codice di persone della Milano che conta...»

«Della Milano che?»

«Della Milano buona, quella che vuole divertirsi e può pagare per farlo.»

«Non capisco, scusami.»

«Allora, in dieci secondi, altrimenti poi andiamo davvero nei casini e se stavolta lo dico io, puoi davvero crederci. Io sono qui a Opera per spaccio, okay? Questo vuol dire che, prima che mi prendessero, avevo dei clienti ai quali vendevo la roba, giusto? Quindi, l'agendina altro non è che la lista di quelli a cui vendevo marijuana e hashish.»

«E io, di una lista del genere, che cosa dovrei farmene? Credimi, hai sbagliato persona. Io con la droga non c'entro nulla. Figurati che ho smesso di fumare oramai da anni perché mi faceva schifo. Vedi tu!»

«E ce l'hai scritto in faccia che sei una brava crista» aveva proseguito Marika «quindi a maggior ragione per te questo libretto, almeno ancora per qualche mese, è come una specie di assegno circolare. E tu, mi sembra di capire, di questi tempi hai qualche necessità di fare soldi o mi sbaglio?»

La Piera, togliendole lo sguardo di dosso, aveva fatto finta di non aver sentito la sua ultima frase.

«Tu non hai idea del giro che avevamo a Milano, prima che quell'infame di...»

Sulle ultime parole di Marika le luci del braccio si erano accese. Piera era rimasta ferma, ancora per un attimo, prima di chiudere la conversazione: «Adesso fammi andare, che poi domani notte ti confermo tutto» aveva poi proseguito, facendosi scivolare l'agendina nella tasca del camice. «Questa la prendo, ma solo come garanzia che la storia di tuo figlio non sia qualcos'altro. Nel caso, non ci impiegherei molto a consegnarla al direttore del carcere raccontandogli tutta la faccenda, lo sai vero?» aveva concluso raggiungendo spedita Aidha, che la stava aspettando poco più in là.

«Grazie signora Aiello di Alzano Lombardone...» era stato il modo con cui Marika l'aveva congedata, prendendola ancora una volta alla sprovvista.

15

Alla fine Piera aveva utilizzato la giornata con Mattia come una specie di allenamento per quello che stava per succedere in famiglia. In fondo tempo qualche mese e sarebbe diventata nonna.

Con il figlio di Marika se l'era cavata alla grande. Per la prima mezz'ora insieme, Mattia era rimasto un po' sulle sue, poi davanti a un happy meal di McDonald's e al giocattolo che c'era dentro, il ghiaccio si era definitivamente rotto. Dopo aver visto il quartiere dove abitava Marzia con il bambino, Piera aveva deciso di fargli cambiare aria e panorama, portandolo un po' in giro per Milano per poi fermarsi in Duomo. Era almeno un anno che non si concedeva una giornata in centro, con tutti i problemi che le erano crollati addosso. Era quindi l'occasione giusta per svuotarsi un po' la testa, facendo anche qualcosa di carino. Lui si era dimostrato un bambino educato e molto curioso. Alla fine si era sentita a posto con se stessa, ma soprattutto soddisfatta che Mattia tornasse a casa sorridente e felice. Era riuscita persino a comprargli un giocattolo, «che la mamma mi ha raccomandato di darti di persona», e a procurarsi in una pasticceria dalle parti di Alzano una torta panna e cioccolato.

Riconsegnandolo alla zia, Piera si era trattenuta con lei qualche minuto sotto casa scambiando due parole.

«Lei non sa che cosa ha fatto, signora Piera» le aveva detto Marzia facendo scendere Mattia dalla macchina «ha reso davvero felice un bambino che ultimamente non è che stia vivendo momenti tanto belli.»

«La ringrazio, ma non ho fatto niente di particolare e lui è stato davvero perfetto. È davvero un ragazzino speciale, non smette mai di fare domande sulle cose che vede intorno a sé...»

«Non lo dica a me! È vero, lui vuole sapere sempre tutto di tutti, non si ferma proprio mai.»

Con una mano appoggiata sulla testa di Mattia, Piera ascoltava Marzia, guardandosi contemporaneamente intorno. Il quartiere, diviso tra l'estrema zona sud di Milano e l'inizio di Lovato, era quasi fatiscente, i palazzi avevano gli intonaci scrostati, i muri erano ricoperti di scritte incomprensibili. I negozi poi erano quasi tutti con le saracinesche abbassate, nonostante non fossero ancora le sette di sera. Aperti c'erano solo un kebab con pizzeria e un internet point. Per strada lattine e bottiglie dappertutto, mentre poco più in là rispetto a dove si era fermata un gruppo di persone, a cavallo delle panchine di un giardinetto, discutevano a voce alta, quasi urlando.

«E questo non è niente, signora» le aveva detto Marzia, intuendo quello che la Piera stava pensando, «non so lei dove abiti, ma da queste parti ogni giorno è peggio, per strada è davvero impossibile stare e in casa hai paura lo stesso. Oramai siamo un ghetto tipo quelli che una volta vedevamo solo nei film americani sulle gang.»

«Io sono di Alzano Lombardone» le aveva risposto d'istinto la Piera «dalle parti di Lodi.»

«Siete anche voi in queste condizioni?»

«No, no, lì da noi non è così, anche se il paese sta morendo, ma non c'è tutto questo degrado. Solamente ogni tanto, si fermano delle roulotte dei rom, ma vanno via in fretta.»

«Comunque, capisce che far crescere qui un bambino in queste condizioni, adesso anche senza sua madre, non è facile...»

«Direi proprio di no, ma mi dica, se posso permettermi, che cosa è successo a Marika? Perché è in carcere? Come sa, lì dentro non si ha molto tempo per conoscere le storie dei detenuti.»

«Una brutta storia, anche troppo lunga, signora. Da queste parti sono tanti a spacciare, anche perché se vuoi i soldi per comprarti la roba giusta da vestire, per andare al ristorante, per fare la bella vita, insomma, quello è l'unico modo. Marika, da quando ha diciassette anni, è sempre stata fidanzata con lo stesso uomo, uno che vende per strada da quando ne ha quattordici e che in poco tempo è diventato il capo della zona, per quanto riguarda lo spaccio. È il papà di Mattia, tanto per capirci. Dai primi mesi insieme, lei ha lavorato "nell'attività di famiglia", occupandosi prima dell'amministrazione poi, visto che si annoiava, le hanno dato da gestire il giro delle droghe leggere, marijuana, hashish, quella roba lì, insomma. Mi sta seguendo Piera?»

«Sì» le aveva risposto lei «perfettamente.»

«Lui ha sempre voluto coinvolgerla, nello stesso tempo tenendola lontana dalle situazioni più pesanti, tipo crack, coca ed eroina. Lei, da parte sua, ha dimostrato di saperci fare, creandosi in poco tempo un mercato dieci volte più grosso di chi l'aveva preceduta. È arrivata a rifornire i quartieri bene di Milano, quelli dove vivono le persone giuste. Da quelle parti, negli ultimi tempi riusciva a vendere anche 200 palline al giorno, faccia un po' lei i conti, a 80 euro l'una...»

«Palline?»

«Sì, dosi di erba da dieci grammi l'una, avvolte nella pellicola da cucina.»

«E poi che cosa è successo?»

«Che l'antidroga ha beccato prima lui, con quattro dei suoi uomini. Lo stavano seguendo da mesi e alla fine lo hanno arrestato in un garage, proprio lì, dietro l'angolo, con tre chili di cocaina nel baule della macchina. Si è preso quindici anni...»

«E Marika?» aveva domandato Piera.

«All'inizio era riuscita a rimanerne fuori, per qualche motivo la polizia non l'aveva considerata. Poi, uno degli arrestati, per farsi diminuire la pena, ha cominciato a parlare e hanno preso anche lei... Processo per direttissima, sei mesi, e se li deve fare tutti.»

Mentre Marzia raccontava, Mattia aveva continuato a giocare, come se non volesse ascoltare. Piera ripensava all'agendina che Marika le aveva voluto regalare a ogni costo e avrebbe voluto fare altre domande, ma poi si era resa conto che si era fatto tardi. Così, dopo aver abbracciato forte Mattia, l'aveva salutato, strappandogli la promessa che presto si sarebbero rivisti.

Guidando verso casa, ogni volta che aveva trovato un semaforo rosso aveva riaperto l'agendina: la curiosità di capire chi si celasse dietro a quei soprannomi e quei numeri cifrati continuava a crescerle dentro.

16

Quel lunedì mattina, Alessia si era presentata presto a casa degli Aiello. L'aereo che Pio doveva prendere per Amsterdam partiva alle dieci da Malpensa e, da Alzano al terminal due, ci sarebbe voluta almeno un'ora, se non qualcosa di più. Piera, che aveva già avuto l'occasione di conoscere la fidanzata di suo figlio durante un paio di cene, preparate ovviamente da lui, le aveva aperto la porta pronta per abbracciarla.

«Tesoro» le aveva detto stringendola «sai che la pancia mi sembra che sia cresciuta ancora in questi ultimi giorni? Faccio quasi fatica con le braccia ad arrivare alla tua schiena. Ma vieni dentro che fa un freddo cane, dai...»

Fuori c'era davvero un vero e proprio muro di nebbia gelata: vedendola arrivare, la Piera si era meravigliata di come Alessia avesse trovato senza problemi l'indirizzo giusto.

«Ma signora» le aveva risposto lei «a parte che c'ero già venuta l'altro giorno, ma poi con il navigatore anche una imbranata come me arriverebbe ovunque.»

Già, il navigatore, aveva pensato mentre le prendeva il giaccone, continuando poi a riflettere su come certe cose moderne facessero fatica a entrare nel suo sistema di vita quotidiano.

«Avete tempo per un caffè?» le aveva chiesto vedendo che Pio era ancora impegnato a chiudere i bagagli.

«Non credo mamma» era intervenuto lui scendendo veloce dalle scale «a parte che lo dovresti fare con la moka e quindi ci metteresti una vita, ma comunque non voglio rischiare di perdere l'aereo. Non avete voluto che tornassi in pullman? Adesso ci manca solo di non arrivare in tempo all'aeroporto...»

«Ma tu non eri mica quello che non si preoccupava mai quasi di niente?» lo aveva incalzato Celestino, sceso anche lui in corridoio per salutarlo.

«Non preoccuparsi è un conto, arrivare tardi è un altro, papà. Qui è questione di somme di tempi, se non andiamo via adesso, lo perdo sicuro, basta fare due conti...»

«Sei proprio diventato un uomo di numeri» aveva proseguito Cele, mischiando un po' a casaccio un discorso con l'altro. «Prima eri un artista e basta, adesso invece, business plan, bilanci, rientri degli investimenti, parli solo di cifre!»

Piera, ancora appoggiata vicino all'ingresso, aveva ascoltato la conversazione, arrivando a collegarla, a proposito di numeri e cifre, con l'agendina e pensando a quando si sarebbe decisa a raccontare a Celestino cosa le era successo in carcere. Magari lui avrebbe avuto qualche idea su cosa potevano farsene due pensionati per forza, prigionieri del loro dramma nell'umido della Bassa padana, di un libretto che nascondeva mondi misteriosi e sconosciuti.

In quei giorni, aveva pensato di mostrarla prima a Pio, ma poi aveva cambiato idea, per paura di cosa avrebbe pensato di lei, che aveva accettato di fare dei favori a una delinquente che praticamente non conosceva. Solo il pensiero della faccia che avrebbe fatto l'aveva dissuasa.

«Bene, intanto grazie di cuore di tutto, soprattutto di aver capito che quello che ho fatto ha un senso» aveva detto Pio ai suoi, arrivando all'ingresso con le valigie in mano.

Non avendo raccontato nulla ad Alessia del conto svuotato, Pio era rimasto apposta sul vago, sperando che loro se ne ricordassero.

«Figurati, figlio mio» gli aveva risposto Cele, capendo perfettamente la situazione, «è tutto a posto, stai tranquillo. Vero Piera?»

«Sì sì, non farti troppi pensieri per noi, piuttosto finite il locale che non aspettiamo altro di venire a farci un giro.»

Sull'ultima frase della Piera ad Alessia era scappata una risata.

«Amore, hai spiegato bene tutto ai tuoi, vero? Sicuro?»

«Ma sì dai, è che mamma non vede l'ora anche lei di togliere il sedere da questa nebbia e da questa noia.»

«Guardi signora che la nebbia, e anche tanta, c'è pure ad Amsterdam, la noia, invece, no, quella proprio no» le aveva detto Alessia rimettendosi il giaccone per riaprire la porta di casa.

Vedendo Pio chiudere la portiera della macchina per poi scomparire nella nebbia, Piera era ritornata verso il soggiorno con la testa che le faceva un gran male, tanto era piena di pensieri che si rincorrevano.

«Caro, vuoi un caffè?» aveva chiesto a Cele «io lo prendo doppio, così magari mi passa questa emicrania che ho da ieri sera.»

«Non ti preoccupare, lo faccio io prima di andare a dare un'occhiata all'orto» le aveva risposto lui «intanto tu prova a sdraiarti un po' che magari ti rilassi.»

«Allora grazie» aveva replicato Piera, salendo al piano superiore. Prima di arrivare nella camera da letto, passando davanti a quella di Pio, aveva notato che, prima di partire, lui l'aveva rimessa a posto alla perfezione, come se non ci avesse dormito per più di una settimana. Aveva deciso di entrare, sedendosi sul bordo del letto. Da lì aveva cominciato a guardarsi intorno, ripensando un po' a tutta la sua vita. Poi si era distesa con le gambe piegate e, chiudendo gli occhi per pochi attimi, aveva cercato dentro di sé delle forze residue a cui fare appello per andare avanti. Fra i tanti pensieri che le si accavallavano in testa, era stato proprio quello di Pio a renderla più serena. Il viso di suo figlio, il suo modo di fare, il suo approccio con le cose l'avevano un po' tranquillizzata. E questo, ovviamente, nonostante non avesse affatto dimenticato il problema che Pio le aveva creato, lasciando lei e Celestino senza niente da cui ripartire. Mentre i pensieri si mescolavano con le sensazioni di una vita da mamma, che le era sembrata troppo breve rispetto a come avrebbe voluto, lo sguardo le era caduto sul cubo di legno arancione che faceva da comodino. Lì sopra, vicino alla lampada e a una foto che ritraeva Pio abbracciato a sua sorella durante una vacanza di qualche anno prima a Formentera, c'era appoggiato un libro. Prendendolo in mano aveva letto immediatamente il titolo, *La marijuana della porta accanto. Guida pratica ed economica alla coltivazione casalinga della cannabis*. Sfogliando velocemente le pagine, l'attenzione le era subito caduta su una serie di foto di lampade e di armadi, indispensabili, come spiegavano alcune note in calce, per far crescere le piante nell'ambiente domestico attraverso un sistema di luce artificiale gestita. Si era ricordata che anche Pio una sera aveva parlato a tavola di come, anche nei coffee shop, molta della marijuana venduta al bancone fosse di produzione artigianale.

Aveva poi continuato a leggere, saltellando tra i vari argomenti che il libro trattava. Dopo un po' si era resa conto che, non avendo con sé gli occhiali, stava sforzando troppo la vista e, ripromettendosi di riprendere la lettura al più presto, aveva nascosto il libro sotto il cuscino, quasi volesse farlo rimanere un suo piccolo segreto. Lì sotto, però, aveva trovato anche qualcos'altro: in una busta di plastica, di quelle per conservare il cibo in frigo, c'era un bel ciuffo di marijuana di colore marrone scuro. L'aveva aperta, avvicinando il naso. D'istinto aveva spostato subito la busta, per poi però riprendere ad annusare e ricordare che era proprio lo stesso odore che aveva sentito quando Pio si era svegliato dal lungo sonno seguito al suo arrivo.

Dovevo arrivare alla soglia dei settant'anni, si era allora detta tra il divertito e lo stupito, per imparare di che cosa sa 'sta maria. Si vede che siamo veramente gente di campagna, dove certe cose non arrivano proprio.

Poco dopo aveva richiuso il sacchetto, decidendo di lasciarlo esattamente dove l'aveva trovato, accanto al libro. Tanto qui, aveva pensato, a parte Pio ci metto le mani solo io.

17

«Dai, avvicinati un attimo, che almeno ti posso ringraziare.»

La voce di Marika era rimbombata nel silenzio della prigione. Chi era sveglio l'aveva sicuramente sentita, così come anche Piera, non molto distante dalla cella 32.

«Ehi nonna» le aveva detto un'altra detenuta da una cella poco distante «la reginetta di Lovato ti sta chiamando. Guarda che a quella conviene rispondere subito. Non so se hai capito, ma qui dentro comandano i suoi amici.»

Piera aveva esitato per un attimo, tirando poi dritto in direzione della 32.

«Ecco brava» aveva commentato sempre la stessa voce «vai a leccare un po' il culo ai potenti, che ti conviene...»

Arrivando dalle parti della cella di Marika, Piera si era fermata ancora un momento, quasi volesse riflettere meglio su quello che aveva appena sentito. Le era venuta in mente Marzia e quello che aveva visto a Lovato, dove non aveva certo avuto l'impressione di qualcosa di più di un gruppo di spacciatori finito, come prima o poi succede sempre, nelle mani della polizia. L'idea che dietro Marika ci potesse essere qualcosa di molto più grande e complicato, come sembrava lasciare intendere l'altra detenuta, non l'aveva mai sfiorata più di tanto, anche se ripensando alle sue battute di qualche giorno prima qualche dubbio in effetti le era venuto.

«Allora, nonna, ti sei trovata bene con il tuo nuovo nipotino?» aveva subito attaccato Marika, non appena lei si era avvicinata alle sbarre «lui molto con te, sai?»

Il tono della ragazza era di nuovo perentorio, quasi strafottente, come il primo giorno. Oltre a ringraziarla, sembrava piuttosto volerla provocare.

«Non credo proprio che tuo figlio mi abbia scambiata per la sua nuova nonna» aveva replicato Piera, cercando di non tradire nessuna emozione, «penso solo che si sia trovato a suo agio con una persona che è stata gentile con lui e che ha cercato di capire cosa volesse e che cosa gli interessasse. Tutto qui.»

«Mia sorella mi ha detto che Mattia, nei giorni successivi, non ha fatto che parlare di te e di quello che gli avevi fatto mangiare...»

«Un hamburger e la torta che mi avevi detto di prendergli. Nulla di eccezionale...»

«E invece ti dico che lui è rimasto impressionato almeno una volta da qualcosa di positivo, visto che da un anno a questa parte vede e sente solo un sacco di merdate, quindi, nonna Aiello, incassa i ringraziamenti che te li meriti.»

Piera a quel punto aveva annuito, guardandosi contemporaneamente intorno, quasi cercasse un'occasione per sfilarsi al più presto da quella situazione. Sarebbe bastata l'ombra di una guardia per fornirle la scusa, ma anche quella notte le secondine erano meno del previsto e di quelle che avrebbero dovuto accompagnare lei e Aidha da una parte all'altra del carcere non c'era traccia.

«Hai sfogliato l'agendina?» aveva proseguito Marika. «Ci hai capito qualcosa?»

«Sì, l'ho presa in mano un paio di volte ma, al di là di capirci poco, come ti avevo già detto, non credo sia roba per me, anzi guarda» aveva continuato estraendo un sacchettino da sotto il grembiule «te l'ho anche riportata. Ha decisamente più senso tra le tue, di mani, anziché le mie.»

Marika non si era mossa, lasciando Piera con il libretto appoggiato ai palmi a braccia tese verso di lei.

«Forse non hai capito» aveva poi replicato «io quella non la voglio, con quella roba ho chiuso. Se pensi che possa servirti, allora tienila e usala, altrimenti buttala via, bruciala, falla a pezzi, non mi interessa che cosa ne fai.»

«Non capisco, ma non mi avevi detto che ha un valore enorme e che per te, quando te ne andrai da qui, è una specie di polizza assicurativa per il futuro?»

«Mai detto né pensato nulla di simile.»

«Eppure...»

«Te lo ripeto» aveva risposto Marika alzando il tono di voce «con quel tipo di lavoro io ho chiuso. Quando uscirò di qui, mi prenderò Mattia e senza l'aiuto di nessuno mi rifarò una vita. Tanto il mio compagno e gli altri che hanno preso con lui, per almeno cinque anni, da San Vittore non si levano, quindi...»

«Ma non mi sembrava così, l'altro giorno...»

«E in effetti non lo era, ma dopo quello che Marzia mi ha raccontato di Mattia e di come era felice per aver vissuto una giornata normale è cambiato tutto dentro di me. Non ho dormito per un paio di notti, poi ho deciso, e tu sei la prima a saperlo.»

«Io la prima, ma perché? Ci sarà qualcuno tra i tuoi parenti che dovrai informare e che, tra l'altro, credo sarà felice di sentirlo.»

«Io non ho più i genitori da un po', rimane mia sorella, alla quale dirò ovviamente tutto. Per il resto, secondo te, quelli della famiglia del mio compagno accetterebbero una cosa simile? Una volta che sei nel giro, in quel tipo di giro intendo, uscirne è praticamente impossibile. A Lovato quella mattina, non li hanno mica arrestati tutti, cosa credi? I vecchi sono ancora lì che tentano di rimettere le cose a posto, di spostare come meglio possono le loro pedine e io sono una di quelle, almeno così credono.»

«E come credi di fare allora?»

«Questo non lo so, ho ancora un po' di tempo per pensarci, qua dentro. Per ora, con loro, mi comporto come se nulla fosse cambiato, come quando parliamo di te...»

«E cioè?»

«Be', chi credi mi abbia raccontato tutto su questa anziana signora dai modi gentili? Chi sei, dove vivi, come si chiama tuo marito... Vuoi che ti dica anche che tuo figlio ti è venuto a trovare da Amsterdam, dove sta aprendo un locale e che tu e Celestino siete nella merda fino al collo per i soldi? Se vuoi posso continuare.»

Piera era sbiancata, rimanendo muta, la testa appoggiata contro le sbarre.

«Guarda che non ti ho raccontato queste cose per metterti paura, ma per farti capire quello che succede, là fuori, dalle mie parti. Loro sono potentissimi, sanno tutto di tutti...»

«E tu, con queste premesse, vorresti convincermi a usare l'agendina? Devi essere impazzita! Secondo te, quanto durerei, prima che mi ritrovino nel Naviglio, con una pallottola nella testa? Un mese, ma che dico, meno, neanche una settimana!»

«E invece no, è proprio qui dove tu potresti fare la differenza. Loro, dell'agendina, sanno poco o nulla, non si immaginano certo che io sia riuscita a portarmela in carcere. Il giro dei clienti della maria, rispetto a quello della coca e del crack, vale molto meno. Non dico che lo vogliano perdere, questo no, ma almeno per adesso non hanno deciso come riprenderselo e chi deve gestire lo spaccio. Il segreto sta nel non usare lo stesso "magnaccia"...»

«Lo stesso che?»

«Magnaccia, noi lo chiamiamo così. Non nel senso di quello che protegge le troie, ma del fornitore all'ingrosso, quello che fa da tramite tra gli importatori e quelli che poi la distribuiscono.»

«E secondo te io, pensionata settantenne, ex cassiera di drogheria, dovrei mettermi a cercare qualcuno di nuovo che mi procuri chili di marijuana, che poi in qualche modo dovrei dividere e vendere a quelli dell'agenda? Ma che film hai visto, figlia mia?»

«Sembra difficile, ma non lo è, almeno per la marijuana, credimi. Se parlassimo di coca, allora il discorso sarebbe molto più complesso, con la maria no. La vendono in tantissimi, arriva da ogni parte, Spagna, Albania, Marocco, Olanda: oramai uno ha solo l'imbarazzo della scelta. Adesso poi ci si è messa anche la mafia cinese in Veneto, che usa i capannoni delle fabbriche fallite per la crisi. Ed è anche per questo che costa relativamente poco.»

«A parte che continuo a non capire perché mi stai coinvolgendo in tutto questo» aveva ripreso Piera «mi sfugge il motivo, credimi. Poi comunque, come ti ho già detto, non saprei davvero da che parte cominciare.»

«Qualche contatto te lo posso dare io...»

«Ma non hai detto che dovevamo staccarci dal tuo mondo? Presumo che, visto che sei in prigione, quei contatti appartengano al tuo passato, o sbaglio?»

«Forse hai ragione, ma potrei trovare qualcuno fuori dal giro di Lovato.»

«Lascia perdere, ho già i brividi adesso...»

«E allora perché non ve la coltivate voi, la materia prima?» le aveva risposto Marika. «Tuo marito non ha sempre avuto il pollice verde?»

«E tu come fai a saperlo?»

«Cosa ti ho detto poco fa?»

«No, no, hai ragione... Comunque pensare a Celestino alle prese con delle piante tropicali, in provincia di Lodi, mi fa sorridere. Poveretto, non riuscirebbe mai a farle crescere, con questo clima...»

«A parte che la marijuana non è affatto una pianta tropicale e la puoi seminare dovunque, non ci vedo nulla di strano: songino, lattuga e maria, l'evoluzione dei tempi. Ci sono anche dei sistemi, nemmeno troppo incasinati, per coltivarla al coperto, con delle luci particolari.

«Lo so, questo lo so.»

«E com'è che lo sai? Fino all'altro giorno manco conoscevi l'esistenza dell'erba!»

Con le pagine del libro trovato sul comodino di Pio impresse in testa, Piera stava per spiegarle come fosse a conoscenza di quel tipo di tecnica, ma poi ci aveva ripensato.

«Ho visto un servizio in televisione che ne parlava...»

«Bene, sono comunque affari tuoi» le aveva risposto Marika, con la voce che era diventata come frettolosa, quasi avesse deciso di troncare la conversazione. «Adesso comunque devi andartene, perché le guardie sono poche ma non sono sceme e avranno visto che in cucina non ci sei mai arrivata. Pensa a tutto quello che ti ho detto, nonna, che poi ne riparliamo.»

Su queste ultime parole la faccia di Marika si era spostata dal leggero fascio di luce che l'aveva inquadrata fino a quel momento, scomparendo nel buio della cella.

18

Tutto quello che era successo la notte prima aveva lasciato il segno su Piera. Arrivata a casa come al solito all'alba, non aveva mangiato nulla, cercando subito di prendere sonno, senza però riuscirci. Sin dalla prima sera in carcere, il lavoro notturno le aveva stravolto l'orologio biologico, imponendole un'inversione di quasi tutte le abitudini, poi pian piano il suo corpo si era abituato a mangiare, ma soprattutto a riposare fuori dai soliti orari e le cose erano migliorate. Quella mattina, però, sembrava che tutto fosse tornato come all'inizio: anche le gocce per dormire, che l'avevano accompagnata da quando era iniziato il crollo verticale della sua vita, non riuscivano proprio a darle una mano. E siccome non riposare voleva dire pensare e ripensare a tutto quello che le stava succedendo, si era ritrovata, all'ora di pranzo, ancora seduta sul bordo del letto con lo sguardo fisso nello specchio che le stava davanti. Da un lato, le parole di Marika l'avevano scossa, facendole prendere ulteriore coscienza che qualcosa di netto, di drastico andava fatto per cercare di uscire dal tunnel. Dall'altro, il modo con cui l'aveva trattata, cambiando continuamente atteggiamento nei suoi confronti, i suoi "consigli" su come comportarsi nel caso avesse deciso di mettere mano a quella lista e le sue continue dimostrazioni di come, in qualche modo, la tenesse in pugno, le lasciavano un profondo senso di disagio.

Non c'è dubbio, aveva riflettuto, quella era pur sempre una delinquente, che veniva da una famiglia di delinquenti e che, anche se raccontava di voler cambiare vita, una volta fuori dal carcere si sarebbe ritrovata comunque di nuovo in mezzo ai delinquenti. E lei, pensionata di Alzano Lombardone, in tutto questo cosa c'entrava? Assolutamente niente, si era detta, anche se la disperazione può portare a degli estremi inimmaginabili. Su quest'ultima considerazione il pensiero le era andato a quella donna che, qualche settimana prima, aveva rapinato una farmacia non lontano da Voghera. La polizia l'aveva arrestata poche ore dopo e la notizia era finita con grande enfasi sui giornali locali, non tanto per il fatto in se stesso, ma per la storia che c'era dietro. Lei, la "rapinatrice", era madre di due bambini piccoli, con un terzo in arrivo e un marito sparito nel nulla dopo averla lasciata sola con una montagna di debiti e zero certezze. La disperazione l'aveva spinta a un gesto di quel tipo, folle in tutti i sensi, considerato che le videocamere della farmacia l'avevano ripresa da diverse angolazioni con gli investigatori che, nonostante portasse una specie di burqa, ci avevano messo davvero poco a identificarla.

Con le idee ancora più confuse di quando si era messa a letto qualche ora prima, la Piera era allora scesa in cucina per cercare almeno di mangiare qualcosa. Celestino non era in casa, ma dai rumori che provenivano dal fondo del cortile probabilmente si stava dedicando alla sua vera passione: le piante e tutto ciò che avesse un colore verde. Quando erano ancora giovani, appena sposati, c'era anche stata più di una mezza idea di avviare una piccola azienda agricola, riammodernando l'attività che i precedenti proprietari della cascina avevano lasciato cadere nel nulla, dopo che i loro figli non si erano dimostrati interessati a proseguirla. Unire la passione di Celestino per la campagna all'esperienza di fruttivendolo del padre di Piera poteva in effetti far nascere qualcosa di speciale. Cele, che almeno quella volta sembrava aver le idee chiare sin da subito, aveva proposto di avviare la coltivazione del kiwi, che in quel periodo stava diventando una specie di moda tra gli agricoltori del Nord Italia. Il padre di Piera, però, si era mostrato subito scettico, anche perché avrebbe dovuto fare un bel po' di debiti per iniziare. Insomma, non se l'era sentita. Col passare degli anni, Celestino aveva creato comunque, proprio a ridosso del muro di cinta della cascina, un vero e proprio "orto biologico" coltivando, in poche decine di metri quadri, qualsiasi ortaggio o frutta possibile, kiwi compresi ovviamente. Quello spazio poi, da quando la Fornero gli aveva fatto lo scherzone, era diventato ancora di più lo scopo della sua vita. In quel piccolo orto ci trascorreva gran parte della giornata, con buona pace della Piera, che lo vedeva felice e realizzato.

La Piera, aprendo la porta della cucina, gli aveva lanciato anche stavolta una specie di urlo che negli anni era diventato come il richiamo di famiglia. Un «Celeeeeeeeee!», con almeno tre *e* in più del necessario, era rimbombato tra i muri della cascinetta, con lui che, pochi attimi dopo, aveva risposto con il più classico degli «Arrivo Pie'!», una delle poche frasi in cui era rimasto un po' del suo accento napoletano.

«Eccomi, che c'è di così urgente?»

«No niente, scusa, è che vorrei raccontarti una cosa importante» aveva risposto lei con la faccia seria.

«E che è successo, dimmi, qualcosa di brutto? Spero di no, in questo momento...»

«No, no, niente di grave. Dai, siediti, che ho appena preparato un caffè.»

«Ma Piera sono quasi le tre, tu dovresti mangiare, altro che caffè.»

«Lo so, ma non ho proprio fame oggi.»

«E allora raccontami, dai.»

Con il libro trovato nella camera di Pio e l'agendina con i numeri nascosta tra le ginocchia, Piera aveva iniziato a raccontare a Cele di Marika, cercando di essere precisa in ogni dettaglio, in modo che lui si facesse un'idea della situazione il più reale possibile. Dopo una ventina di minuti di racconto, con Celestino che non l'aveva mai interrotta, era arrivata al dunque: a come, insieme, avrebbero potuto pensare di utilizzare l'agendina. Per prima cosa, gliela aveva mostrata.

«Ma sembra un manuale con i codici degli anticrittogamici!» aveva esclamato sfogliandola.

«I che? Non capisco.»

«Gli anticrittogamici, Piera, gli insetticidi che una volta mettevi sulla frutta e la verdura per proteggerla. Siccome erano prodotti chimici protetti da brevetti e chissà dio cos'altro, dietro le confezioni era pieno di lettere e cifre come queste...»

Piera aveva annuito: «Allora Cele, questo è il primo ostacolo: Marika mi ha spiegato che i nomi in codice tipo "batman", "presidente", "Mariuccia", che vedi sul lato sinistro delle pagine, altro non sono che pseudonimi dei clienti. Lei non ha mai voluto sapere come si chiamassero realmente. Le lettere che affiancano ogni nome dovrebbero invece contenere in qualche modo il loro numero di telefono, così almeno mi ha fatto intendere. D'altra parte, che cosa potrebbero essere altrimenti? Il loro codice fiscale mischiato? Non credo proprio. Comunque, lei mi ha detto che la prossima volta che ci vedremo mi darà la soluzione. Non chiedermi perché, oltre a fidarsi di me per una cosa simile, mi stia raccontando le cose a pezzettini... non lo so proprio, spero solo non sia un suo modo per usarmi, in qualche maniera.»

Dopo un lungo sospiro, Celestino aveva ripreso ad ascoltare la moglie, senza interromperla.

«Allora, mettiamo che la situazione dei clienti si possa risolvere a breve. Resta invece il problema di dove trovare la merce da vendere, l'erba insomma. Come mi ha spiegato Marika, non possiamo certo pensare di andare a bussare alla porta degli albanesi che la rifornivano prima.»

In attesa di sentire il resto del racconto, l'uomo aveva cominciato lentamente a sbiancare in volto.

«E che cosa avresti pensato di fare per completare questa follia?» le aveva chiesto poi a mezza voce.

Per la Piera era venuto il momento di tirare fuori il libro che Pio aveva lasciato sul comodino.

«Ecco, questa potrebbe essere la nostra soluzione.»

«Cioè» aveva esclamato Celestino dopo una trentina di secondi, mentre con lo sguardo era già sulle pagine che descrivevano le coltivazioni private delle piante di marijuana, «mi vorresti dire che potremmo coltivarla noi, 'sta specie di pianta?»

«Noi no, tu sì...» gli aveva risposto lei, sorridendo. «Se vai avanti a leggere, dicono che la marijuana sia molto più semplice da far crescere di un pomodoro, un cavolo, insomma qualsiasi ortaggio che ti venga in mente. Quindi, secondo me, se ti studi un po' quello che c'è scritto qui, possiamo farcela, anche in tempi molto brevi, prima che la lista di Marika perda di significato.»

«Allora, diciamo che se è come dicono qui, così facile da coltivare, posso anche provarci. Ma mi dici dove pensi di trovare la materia prima per iniziare, i semi insomma?»

«Be', facile: li compriamo su internet, no?»

«Sì certo, ma se Pio ha cercato di insegnarci a usare Facebook e non ci abbiamo capito quasi nulla! Adesso, improvvisamente, compriamo la droga per posta. Quanto ci metterebbero a scoprirci? Dai, Piera, io sono un povero pensionato che della vita fuori dal nostro piccolo mondo sa davvero poco, questa cosa mi sembra davvero impossibile.»

«Okay, potresti avere ragione, ma non c'è problema. A dire il vero ci avevo pensato anch'io, e per questo ho preparato un piano di riserva: vado a prenderli io i semi, ad Amsterdam.»

«Tu, da sola, in Olanda?»

«Non sarò sola, mi aiuterà Pio, gli spiegherò tutto e sono sicura che non solo mi capirà, ma vorrà in qualche modo far parte del progetto... Ce lo deve, no?»

«Tu sei pazza, tirare dentro tuo figlio in una storia simile, con tutti i rischi che comporta.»

«Lui, da Amsterdam, non correrà alcun pericolo, credimi. E per quanto ci riguarda, se hai un'altra idea che ci permetta di uscire da questo casino in tempi brevi, ti ascolto.»

«Ma non sappiamo nemmeno quanto potremmo guadagnare, nel caso andasse tutto bene...»

«Quattrocento euro al giorno.»

Celestino era nuovamente sbiancato in faccia.

«Quanto? Ma ne sei sicura?»

«Sì, e sono stata anche bassa, Marika mi ha raccontato di cifre più alte, ma non esagererei con le stime. D'altra parte, in anni di cassa in drogheria, una cosa l'ho imparata: come si fanno i conti e come, quando un prodotto funziona, tutti fanno la fila per averlo. Quindi...»

19

Con le idee più chiare su quello che lei e Celestino avrebbero dovuto fare nelle settimane a venire, come ogni sera Piera era passata a prendere Aidha. Arrivando sotto casa sua, però, non l'aveva trovata davanti al portone. Per qualche minuto non si era preoccupata più di tanto, anche se in più di tre mesi di lavoro al carcere non era mai stata in ritardo. Poi, rendendosi conto che se non fossero partite subito, non sarebbero mai arrivate in tempo, era scesa dalla macchina e aveva suonato il citofono con il nome "Qabbani". Dopo qualche istante, aveva risposto una voce maschile: «Chi è?».

«Said?»

«No, non c'è...»

La voce aveva un forte accento arabo.

«Ah, e Aidha?»

«Nemmeno lei.»

«Come, nemmeno lei? Sono passata a prenderla, se non andiamo via subito facciamo tardi al lavoro.»

«Scusi, ma lei chi è?»

«Sono Piera, Piera Aiello, lavoro con Aidha a Opera.»

Dall'altra parte del citofono per qualche secondo c'era stato un silenzio totale, poi la voce di prima aveva ripreso a parlare: «Mi dispiace, ma non ci sono né Said né Aidha. Sono andati via due ore fa...».

«Ma come andati via, dove? Lei non capisce, se non l'accompagno subito al lavoro, Aidha perderà il posto, anzi lo perderemo entrambe.»

«Per quanto ne so, l'hanno già licenziata oggi.»

«Come licenziata? Non è possibile, l'ho lasciata qui stamattina e tutto era normale, dovevamo trovarci ora, come al solito.»

«Guardi, io non so davvero altro, la saluto...»

«Ma cosa dice? E soprattutto lei, invece, chi è?»

«Un amico di Said, mi hanno chiesto di venire qui stamattina dopo quello che era successo per badare ai bambini, adesso la devo salutare, arrivederci signora.»

«Ma aspetti un attimo, io dovrei...»

La comunicazione si era interrotta lasciando Piera senza risposte, ma anche con la necessità di darsi una mossa, se non voleva arrivare alla prigione fuori tempo limite.

Salita in macchina, aveva schiacciato sul pedale dell'acceleratore il più possibile, soprattutto in tangenziale. Mentre guidava aveva cercato di darsi una spiegazione su quello che era successo ad Aidha e Said, ma poi l'agitazione per il possibile ritardo aveva preso il posto di qualsiasi altro pensiero. Alla fine, quando aveva suonato alla porta del carcere, mancava meno di un minuto alle dieci.

«Aiello» le aveva detto una secondina da dietro al vetro, parlando attraverso un altoparlante, «questa volta c'è mancato poco eh? Qualche secondo in più ed eri fuori. A proposito, ma la tua amica, la rifugiata, come si chiama? Mi sa che si è fregata con le sue mani, sono le dieci passate da un minuto e io devo chiudere il cancello. Mi spiace per lei, ma sai che le assenze, da queste parti, non sono tollerate.»

Piera non aveva ribattuto nulla anche se ormai aveva chiaro che Aidha non sarebbe mai arrivata in tempo, sempre che non fosse stata davvero licenziata, come le aveva detto la voce al citofono. Salutando la secondina con un cenno del capo aveva proseguito verso lo spogliatoio, dove si era cambiata, cercando di capire come fare tutto il lavoro da sola. Come sempre aveva iniziato dalle cucine che, rispetto al solito, erano meno sporche e disordinate. Ovviamente ci aveva messo più del normale, ma alla fine non aveva faticato tanto di più. Trasferendosi poi verso i bagni era passata davanti alla 32. Aveva quasi superato le sbarre che delimitavano la cella, quando, dall'interno, una voce sconosciuta l'aveva chiamata: «Ehi nonna, la sai la novità, vero?».

Per un attimo Piera, pensando che la domanda riguardasse Aidha, aveva trattenuto il fiato, poi si era convinta che doveva trattarsi d'altro.

«Sai che la tua amichetta, Marika, l'hanno trasferita a San Vittore...»

«No, no, non lo sapevo.»

«L'hanno tolta da qui, perché hanno capito che, in qualche modo, continuava a comandare anche dall'interno del carcere.»

«Comandare, in che senso?»

«Sei stupida o fai finta di non capire? Proprio tu che sei stata usata prima per le sigarette, poi per suo figlio e ancora, non credere che non abbiamo sentito, quando ti stava parlando dei suoi clienti. Qui, in dieci metri quadri, le cose non rimangono mai private...»

«Mi ha solo chiesto due favori e io ho deciso di accontentarla.»

«Sì, certo, senza nessun tornaconto... ma dai...»

Piera non sapeva cosa rispondere, si sentiva in trappola.

Aveva la sensazione che quella voce nel buio stesse per ricattarla.

«Perché mi stai raccontando tutto questo? E poi puoi dirmi che cosa è successo a Marika, che devo andare?»

«L'hanno beccata in parlatorio che stava passando delle informazioni, credo a sua sorella. Sembra che fossero degli ordini per fuori, o qualcosa di simile. Comunque non è per questo che ti ho fermata: devo darti un messaggio da parte sua. Si è tanto raccomandata.»

«E di che cosa si tratta?»

«Mi ha detto che, per comprendere quelle specie di codici che hai in mano, devi solo guardare le lettere sui numeri del telefono.»

«Le cosa?»

«Le lettere sui numeri, così mi ha detto di dirti, non so altro... E poi non sono cazzi miei. Ho obbedito solo per non farle uno sgarro.»

Con quella frase stampata bene in testa, la Piera aveva ricominciato a muoversi verso i bagni, mentre una secondina si stava avvicinando.

«Che cosa ti stava dicendo quella della 32?»

Piera aveva risposto che avevano solo commentato il fatto che avrebbe dovuto fare tutto da sola, vista l'assenza di Aidha.

«E che fine ha fatto la tua amica?» l'aveva incalzata la guardia.

«È malata, ma si riprenderà presto. Ha avuto un attacco di influenza intestinale.»

La secondina, mostrando poco interesse per l'argomento, non aveva fatto altre domande, accendendole la luce dello stanzone dei bagni. Guardando la Piera, quasi come se capisse che montagna di lavoro doveva affrontare da sola, le aveva detto: «Fai del tuo meglio, dai, so benissimo che non potrai mai finire in tempo. Io inizierei dai gabinetti, ma decidi tu. Lascia pure le docce come sono, tanto non verranno mai pulite come dovrebbero».

Piera aveva cominciato a strofinare, senza parlare più. Con il corpo era lì a lavorare, con la testa da tutt'altra parte.

20

«Buongiorno signor Lomonaco, sono Piera Aiello, disturbo?»

«Ma si figuri, signora, è un po' che non ci sentiamo, ma immagino il motivo della sua telefonata...»

Tornando a casa dopo una notte di lavoro pesantissima, la Piera si era ripromessa che, appena sveglia, avrebbe chiamato il titolare dell'impresa di pulizie per cercare di capire se, almeno lui, poteva dirle qualcosa di Aidha.

«Se intende la mia collega, signor Lomonaco, sì: il motivo è quello. Ieri sera non era a casa quando sono passata a prenderla per andare a Opera, sono preoccupata che le sia successo qualcosa di grave.»

«Piera» le aveva risposto lui senza lasciarla quasi finire «quello che è accaduto alla signora Qabbani passa di gran lunga sopra alle nostre teste. Intendo dire che sono successe cose sulle quali non ho potuto intervenire né io né tantomeno altre persone più importanti di me che conosco e alle quali mi sono rivolto subito...»

«Cosa vorrebbe dire?»

«Non posso spiegarle troppo, Piera, anche perché la verità è che io stesso non so più di tanto. Ieri pomeriggio ho ricevuto una telefonata dalla questura di Pavia, mi hanno fatto un sacco di domande sui signori Qabbani. Per quanto mi riguarda, ho risposto dicendo tutto quello che sapevo ma soprattutto confermando che lei si era sempre comportata in maniera irreprensibile e che, almeno per quanto avessi potuto vedere io, era davvero una brava persona. Il poliziotto al telefono allora mi ha chiesto se potevo portare in questura tutti i documenti che la riguardavano, compresi il suo contratto di lavoro e la copia del permesso di soggiorno che mi aveva dato all'assunzione. Stamattina ho fatto quello che mi avevano chiesto. Per quel poco che mi hanno spiegato, pare che il suo permesso fosse falso o qualcosa di simile.»

«Falso? Non ci credo. Ma che motivo avrebbe avuto, Aidha, per fare una cosa simile? Arrivando dalla Siria e dalla situazione che lei mi ha raccontato in questi mesi, anche se io capisco poco di queste cose, mi sembra una cosa fuori dal mondo.»

«Guardi signora, questo è quello che mi hanno detto, aggiungendo anche che le posizioni, sua e del marito, si sono aggravate quando hanno nascosto a casa loro due clandestini senza documenti.»

«E adesso, signor Lomonaco?»

«Non lo so, davvero. Per quanto mi riguarda ho dovuto rescindere immediatamente il suo contratto, per il resto credo onestamente che la questione sia, come le dicevo, più grande di noi. Comunque, signora, per ciò che concerne il suo, di lavoro, può stare tranquilla. Da domani le affiancherò un'altra persona che sostituirà Aidha con i suoi stessi orari.»

Chiusa la comunicazione, Piera aveva tentato di farsi una ragione di quello che aveva sentito, senza per altro riuscirci. Si era ritrovata a pensare a quanto fosse facile perdere tutto in un attimo, come era appena successo a quella che oramai considerava una sua amica. Da lì, la sua mente era tornata, inevitabilmente, a quello che stava accadendo a lei e Cele. Seduta in salotto, aveva ripensato alle ultime parole della compagna di cella di Marika, la chiave di lettura dei codici dell'agendina.

«Devi solo guardare le lettere sui numeri del telefono»: quelle parole se le ricordava bene.

Sei mesi prima, lei e Celestino avevano deciso, anche qui per un problema di spese, di togliere la linea fissa da casa. Con solo i cellulari ricaricabili avrebbero risparmiato una ventina di euro al mese. Senza la connessione fissa erano così spariti da casa anche i telefoni, diventati oggetti inutili che occupavano solo dello spazio. Una mattina, Celestino li aveva buttati via tutti, tranne uno, che aveva conservato in soffitta in mezzo a mille altre cose.

Salendo di sopra, la Piera aveva cominciato a cercarlo. Aveva spostato qualche scatola e delle vecchie lampade, per poi trovare l'apparecchio. Lo aveva preso, era ridiscesa in cucina e si era seduta al tavolo. Con il telefono davanti agli occhi, aveva aperto l'agendina scegliendo un nome a caso con a fianco la serie di lettere che Marika aveva scritto: «Fonzie: AFLOTNLGS».

Sulla tastiera del telefono c'erano, sopra ogni numero, tre lettere: ABC per il 2, DEF per il 3 e così via, gli unici senza lettere erano l'uno e lo zero.

Senza metterci più di tanto, aveva associato a ogni lettera del codice di "Fonzie" il numero che le corrispondeva, arrivando facilmente a un 235 686547. Di fronte a un vero numero di telefono aveva sorriso, compiacendosi da sola di quello che era riuscita a fare. Adesso che aveva la chiave per usare l'agendina, doveva solo provare a chiamare qualcuno della lista, per capire almeno se quei numeri erano veri o comunque ancora attivi.

Ricordandosi quello che le aveva insegnato sua figlia Emilia, su come nascondere il proprio numero di telefono in uscita dal cellulare, aveva modificato le impostazioni, per poi digitare il numero che aveva trovato.

Dopo qualche squillo, era arrivata la risposta: «Pronto? Chi è che mi chiama col numero coperto?».

Piera era rimasta in silenzio.

«Allora, chi è? Parla cazzo, se no metto giù!»

Non sapendo cosa dire, Piera era stata ancora zitta.

«Ma vai a fare in culo allora», con questa frase la persona al telefono aveva chiuso la chiamata.

Piera ci aveva messo un po' a staccare il cellulare dall'orecchio, poi, dopo qualche secondo, lo aveva riappoggiato sul tavolo e aveva cominciato a pensare.

Da un lato, che il numero fosse attivo era una bella notizia, dall'altro, invece, non aveva potuto capire se chi aveva risposto era realmente il Fonzie di cui lei aveva bisogno. Curiosa comunque di sapere quanti di quei numeri fossero ancora in uso, aveva fatto almeno altre dieci chiamate: a tutte, tranne due, aveva ricevuto risposta. Molti, al suo silenzio, l'avevano mandata a quel paese, altri avevano attaccato immediatamente. Però almeno adesso aveva la certezza di avere tra le mani ciò che Marika le aveva promesso: una lista di potenziali clienti. Se poi gli stessi potessero diventare i primi anelli di quello che lei e Cele volevano creare, era invece tutto da vedere.

Domani, aveva pensato, proverò a dire qualcosa, non appena la persona risponderà. Magari in questo modo ci bruceremo qualche contatto, ma almeno capirò meglio con chi ho a che fare. Anche perché, si era detta, a 'sta gente, per adesso, non ho davvero nulla da dire, non avendo soprattutto nulla da proporle. Con questo suo ultimo pensiero ancora in testa, aveva deciso che il passo successivo sarebbe stato andare a trovare Pio ad Amsterdam. Solo così, condividendo con lui il folle progetto che stava mettendo in piedi, avrebbe capito se poteva funzionare.

21

Quelle poche volte che Piera aveva preso l'aereo, appena scesa, aveva giurato che non avrebbe mai più volato. Così, con l'alternativa del pullman già sperimentata da Pio, non aveva dubitato un solo istante nella scelta. Con l'aiuto della sua vicina era andata su internet e per meno di 60 euro aveva comprato il suo biglietto per Amsterdam.

«Cele» aveva detto al marito «allora ho deciso: faccio una sorpresa a nostro figlio, come lui l'ha fatta a noi il mese scorso. Non ti devi preoccupare, starò via solo due giorni, te la puoi cavare, no?»

Come per un tacito accordo, del vero scopo del viaggio non avevano più parlato. Celestino aveva annuito, senza aggiungere nulla, anche se rimanere solo a casa non lo faceva impazzire, specie dopo gli ultimi sviluppi. E comunque, in oltre trent'anni di matrimonio, era capitato non più di cinque volte e lui, ogni volta, senza la Piera al suo fianco si era sentito perso.

«Ti ho lasciato in frigo la cena per stasera e il pranzo di domani» aveva continuato lei, mentre finiva di prepararsi i bagagli, «per domani sera, invece, te la puoi cavare con i bastoncini di pesce che sono in freezer. Dai che passa presto» aveva concluso.

Con una borsa che conteneva lo stretto necessario per due giorni e due notti, era uscita di casa. Non volendo lasciare Celestino senza la macchina, aveva deciso di andare in autobus sino alla stazione di Pavia, per poi prendere il treno per Milano e da lì, infine, il pullman per Amsterdam.

Con la scusa di quello che era accaduto ad Aidha, aveva chiesto tre giorni di permesso, forte anche del fatto che, sino a quel momento, non aveva saltato una sola notte di lavoro. Lomonaco, pur di malavoglia, glieli aveva concessi.

Una volta a bordo del bus a due piani che l'avrebbe portata in Olanda, aveva scambiato quattro chiacchiere con un gruppo di studentesse dell'Erasmus, per poi sprofondare in un sonno profondo, riaprendo gli occhi solo un paio di volte in coincidenza con le due fermate intermedie previste. Non che i sedili del bus fossero poltrone da salotto, ma la stanchezza che aveva addosso era tale che si sarebbe addormentata ovunque. Quando si era svegliata del tutto, mancavano poco meno di due ore all'arrivo. Le aveva trascorse guardando dal finestrino la campagna olandese, pensando quanto fosse simile, nella sua piattezza, a quella della Bassa lombarda. Poi, con il bus oramai in stazione, era stata riassalita improvvisamente da tanti, troppi dubbi sul reale motivo del viaggio. Dopo essere scesa con una grande confusione in testa, si era fermata per qualche minuto su una panchina, arrivando alla conclusione che forse era meglio lasciare perdere tutto. Sarebbe comunque andata a trovare suo figlio, tutt'al più doveva inventarsi una scusa banale sul perché fosse lì. Poi, però, le erano tornati in mente gli ultimi sei mesi, le sofferenze, le angherie che Celestino aveva subito con il suo prepensionamento, il licenziamento dalla drogheria, i problemi finanziari destinati solo a peggiorare.

E alla fine era prevalso in lei un desiderio di rivalsa, di rivincita nei confronti di tutto e tutti, che non si ricordava di aver mai provato prima.

Non esiste proprio, si era detta alzandosi di scatto, a settant'anni avrò anch'io il diritto di godermi un po' la vita, o no?

Trovare l'Alzano, anche se non era ancora ufficialmente aperto, era stato comunque abbastanza facile, il tassista l'aveva portata sino sotto la palazzina dove, al piano terra, c'era il locale. Non aveva voluto chiamare Pio o passare prima all'indirizzo di casa, le piaceva l'idea di fare lei, una volta tanto, una sorpresa al figlio.

Scesa dal taxi, alzando gli occhi aveva visto tre operai che stavano fissando l'insegna del coffee shop. Guardandola si era sentita orgogliosa che quel posto, in qualche modo, stesse nascendo anche per merito suo. Si era allora spinta oltre la porta d'ingresso, dove, di spalle, aveva visto Pio che stava parlando con due persone.

«Bambino!» aveva esclamato, senza farsi prendere troppo dall'emozione «ma che bel posto è questo?»

Pio, dopo un attimo di smarrimento, si era girato di scatto, come per verificare con gli occhi che la voce che aveva appena sentito fosse davvero quella di sua madre.

«Mamma, ma che cosa ci fai qui?»

«Sorpresa...»

«Sì, ma di quelle grosse... Come ti è venuto in mente di arrivare senza neppure avvertirmi?»

«Scusa, tu non fai spesso la stessa cosa con noi?»

«Sì, ma io sono vostro figlio...»

Pio le era andato incontro stringendola forte, come lei gli aveva insegnato sin da piccolo.

«Oh ecco, questo era l'abbraccio di cui la tua mamma

aveva bisogno... Sono venuta a controllare il mio "investimento", ho fatto male?» aveva aggiunto lei sorridendo.

Per un attimo Pio non le aveva risposto, poi, ridendo anche lui, le aveva detto: «Mi sembra giusto, visto che sei il nostro socio occulto di capitale... Dai, mamma, però adesso dimmi il vero motivo per cui sei venuta sin qui».

«Ti devo parlare, Pio, ma non qui, in piedi, in mezzo ad altra gente. Puoi staccare per un'oretta, magari invitando a pranzo tua madre che sta svenendo dalla fame?»

«Be', direi di sì, sono o non sono uno dei capi qua dentro? Ti porto qui davanti, attraversato il canale, andiamo da Mario, sono amici miei. Si mangia bene, per essere in Olanda, soprattutto i primi sono buonissimi: fanno degli spaghetti alle vongole davvero ottimi.»

Piera lo aveva seguito fuori dal locale, mentre Pio dava qualche ultimo consiglio sul da farsi a due ragazzi che, dopo aver montato l'insegna, adesso stavano dipingendo le pareti esterne.

«Sono nostri amici, lavorano in "cambio merce", nel senso che non li paghiamo, ma per sei mesi, una volta aperto il coffee shop, mangeranno gratis...»

Poco dopo, seduti da Mario, davanti a un bel piatto di pasta, Piera aveva cominciato a spiegare a Pio quello che avevano in mente lei e Celestino. Dopo aver ascoltato in silenzio per una buona ventina di minuti la prima parte della storia, quella del carcere e dell'agendina, Pio, con la scusa di ordinare il dolce, l'aveva interrotta.

«Mamma» le aveva detto «non so dove tu voglia arrivare, ma quello che mi stai raccontando sembra più la trama di un film che qualcosa che ti possa vedere coinvolta. Strani codici, malavita, secondini che fanno finta di non sentire... Faccio fatica a credere che tutto questo possa avere a che fare anche minimamente con la signora Piera Aiello, pensionata per forza, donna di casa perfetta, e mamma esemplare.»

«Ehi, guarda che non sono mica ancora morta, sai... sembra che tu stia leggendo quello che si recita ai funerali per ricordare il defunto.»

«Spiritosa, volevo solo farti capire quanto tu possa essere lontana dal mondo che mi stai descrivendo...»

Dopo aver ordinato il dolce, la Piera aveva concluso il racconto su Marika, sul suo trasferimento e sulla chiave per leggere i numeri di telefono dell'agenda.

«E quindi, mamma, che cosa vorresti fare adesso, andare in giro per Milano spacciando nei quartieri alti della città, come si vede nei film? Ma dai...»

«Chissà, Pio, le vie del signore sono infinite, no? Per questo ti dico che, l'agendina, avrei deciso di usarla, anzi l'ho già fatto...»

«Come?»

«Sì, Pio, ci ho provato, nascondendo il numero del mio cellulare ho chiamato un po' di clienti di Marika.»

«E che gli hai detto?»

«Niente, cosa dovevo dirgli? Non potevo certo proporre il rosmarino dell'orto di tuo padre, no?»

«Mamma, d'accordo che ultimamente ci siamo visti poco, ma non mi sembri più tu. E se ho capito dove vuoi arrivare con il tuo discorso, mi spavento.»

«Figlio mio, per forza sono cambiata. Dopo tutto quello che ci è successo! E ti ricordo che anche tu, con la storia della banca, hai contribuito a questa mia trasformazione.»

«Lo so mamma, e mi dispiace...»

«Comunque, l'aspetto principale del mio mutamento è

che io, ma anche tuo padre, sebbene da timido qual è non lo voglia ammettere, ci siamo stufati di subire senza reagire. A settant'anni voglio provare a fare qualcosa che mi ecciti, che mi carichi, insomma che mi dia la forza di vivere provando a ribaltare tutto. Quanti anni sono che non faccio una mossa per cambiare la mia vita? mi sono chiesta. Pensa che non ho trovato una risposta, probabilmente perché non è mai successo.»

Pio ascoltava immobile.

«Quindi, figliolo, dopo averci riflettuto molto bene, nonostante mille dubbi e ripensamenti, ho deciso: userò l'agendina per contattare tutti quelli che erano i clienti di Marika!»

«Quindi tu, magari con l'aiuto di papà, vorresti vendere la marijuana, spacciare...»

«Se si dice così, sì. Voglio spacciare.»

«E scusa, mamma, ammesso e concesso che tu ci riesca, cosa venderesti ai tuoi clienti: davvero il rosmarino di papà?»

Tornando più serena in volto, la Piera gli aveva risposto subito: «Ovviamente no, ed è per questo che sono venuta a trovarti, Pio. Scusa, non ci hai mica detto che qui in Olanda, ognuno, la maria, se la fa crescere in casa, sul terrazzo, in garage? E allora lo possiamo fare anche noi».

«Mamma, tu devi essere impazzita davvero. Quello che ti ho raccontato di qui riguarda persone che si coltivano le loro piantine producendo comunque piccole quantità, nessuno di loro si mette a venderla per strada.»

«Ma se mi hai detto che i privati forniscono anche i coffee shop...»

«Sì, ma lo fanno legalmente.»

«E noi cercheremo di farlo nella maniera più pulita possibile...»

«Ma non esiste proprio, mamma.»

«E invece sì, oramai ho deciso. O ci proviamo o moriamo, ma per davvero, però. Sai che mi sono letta tutto il libro che ti sei dimenticato in camera tua? Ho imparato molto su come si coltiva la marijuana e sono convinta che quella che produrremo noi sarà buonissima.»

«Sì, fino a quando la Guardia di Finanza non vi arresterà, il che succederà molto prima di quanto tu possa immaginare, mamma.»

«E invece no, è qui che ti sbagli. Ci ho pensato tanto: chi potrà mai sospettare di due vecchi pensionati che anche il loro paese di campagna ha praticamente dimenticato, tanto sono invisibili per tutti? Il venire dal nulla sarà la nostra forza, credimi.»

Sulle ultime parole, pur senza convincersi del tutto, Pio aveva cominciato a capire che l'idea di sua madre non era poi così assurda. In effetti, nella peggiore delle ipotesi, lei e Celestino avrebbero avuto molte più possibilità di cavarsela di chiunque altro. Erano veramente i classici insospettabili. In più il pollice verde di suo padre era davvero straordinario: negli anni nell'orto di casa era riuscito a far crescere qualsiasi cosa gli fosse capitata tra le mani.

«Sì, ma comunque» aveva proseguito Pio «anche se hai imparato il libro a memoria vi ci vorranno almeno tre mesi prima che possiate cominciare a vendere quello che coltivate.»

«Tre mesi? Con le lampade artificiali, c'è scritto che ci vuole molto meno tempo...»

«Certo, ma ci vogliono anche i soldi per comprarsele, le luci e gli armadi che le contengono...»

La Piera era rimasta un attimo in silenzio.

«E allora, Pio, cosa mi suggerisci?»

«Vorrei non darti nessun consiglio, mamma, così magari cambi idea. Però, se proprio devo... ti direi di iniziare con dell'erba già pronta, non coltivata da voi, insomma. Così potreste essere operativi da subito, per poi integrarla, a mano a mano che crescerà, con quella casalinga.»

«E dove la potrei comprare?»

«Be', direi che sei nel posto giusto.»

«Intendi qui al ristorante?»

«No, mamma» le aveva risposto Pio scoppiando a ridere «qui da Mario fanno tante cose buone, ma la maria no, quella no. Dicevo qui in Olanda, in generale. Non hai idea in quanti lo fanno...»

«Ma se poco fa mi hai detto il contrario...»

«Era per cercare di dissuaderti.»

«E poi, come la portano in Italia?»

«Se la mettono in valigia e vanno. Ovviamente non in aereo e magari nemmeno in treno. A parte la macchina, l'ideale è il pullman, lì sopra stai davvero tranquillo. Scusa, tra l'altro, ma tu oggi come sei venuta?»

«Ti ho copiato: in pullman!» aveva risposto lei con orgoglio.

«Ma dai mamma, per certe cose non hai più l'età. Quello è un mezzo per ragazzi o per gente che ha pochi soldi.»

«Appunto» aveva replicato Piera, abbassando lo sguardo, «diciamo che volevo sentirmi giovane...»

«Intendevo proprio questo...»

«Ma tu» aveva poi continuato lei «potresti darci una mano in questo senso?»

Pio, prima di rispondere a una domanda simile, che mai nella vita si sarebbe aspettato di sentirsi fare da sua madre, ci aveva messo un attimo. «Be', sì, volendo sì. Il modo per trovare della roba buona, che si distingua dalle porcherie che sei costretto a fumare in Italia e che costi il giusto, in effetti lo conosco.»

«E quando potresti iniziare a cercarcela? Magari già da subito, così la porto direttamente io a casa...» aveva incalzato lei, che dall'incupimento del viaggio era passata a una sorta di eccitazione.

Anche se il pensiero di sua madre su un pullman di linea con in braccio un cuscino imbottito di marijuana lo aveva fatto inizialmente rabbrividire, Pio aveva deciso, per la seconda volta consecutiva, di darle corda.

«Se ti fermi almeno tutto domani e riparti il giorno dopo, credo di poterti accontentare, mamma.»

A quella risposta, gli occhi di Piera si erano come illuminati, per poi, però, spegnersi quasi subito.

«Ti ringrazio, tesoro, c'è però, sempre il solito problema, non saprei come pagarla, la roba...»

«Mamma, a questo penso io» le aveva risposto lui, stavolta senza esitare. «Sento di dovervelo, è davvero il minimo.»

«Ma te lo puoi permettere?»

«Diciamo che, per il locale, abbiamo speso molto, ma non tutto. Qualcosa via ce l'ho.»

«Allora d'accordo, mi trattengo una notte in più, se va bene anche a te. Adesso chiamo papà per dirglielo, poi dovrò inventare una scusa valida con quelli dell'impresa di pulizia.»

Su queste parole Piera aveva guardato dritto negli occhi suo figlio e lo aveva abbracciato stretto stretto.

22

«Signori, buonasera» la voce in tedesco rimbombava dagli speaker del bus «vi preghiamo di rimanere seduti al vostro posto con i documenti bene in vista, così potremo fare il nostro lavoro più rapidamente.»

Ovviamente Piera non aveva capito nulla di ciò che aveva sentito finché un'altra voce aveva tradotto quelle parole in francese e poi anche in italiano. La polizia svizzera era salita a bordo del pullman fermo in un'area di servizio per l'ultima sosta prevista prima dell'Italia. I due agenti avevano delle foto tra le mani, quindi Piera aveva dedotto che cercassero qualcuno di specifico, cosa che non l'aveva certo aiutata a superare il panico che si era impadronito di lei. Dal suo sedile, situato nella parte più arretrata del bus, aveva seguito con lo sguardo, e con il cuore che le batteva fortissimo, gli agenti che pian piano si avvicinavano a lei. E questo nonostante non avessero chiesto a nessun passeggero di aprire il proprio bagaglio. Il solo pensiero di quello che stava trasportando a pochi centimetri dal poliziotto lì di fianco l'aveva tenuta in uno stato di agitazione che era impossibile non notare. Infatti, una volta arrivato il suo turno, dopo aver velocemente controllato la sua carta di identità, uno dei due agenti le aveva chiesto: «La vedo un po' agitata, signora, qualcosa non va?».

Piera si era sforzata di rispondere subito, cercando una giustificazione che spiegasse il suo stato.

«No, no, si figuri. È che non sono riuscita a dormire nemmeno un attimo, da quando siamo partiti da Amsterdam.»

«Soffre di insonnia, signora? Sono passate più di sedici ore...»

«No, è che mio figlio, che vive in Olanda, sta per diventare padre. Ho scoperto che sarò nonna solo ieri sera e da quel momento sono entrata in uno stato di agitazione...»

«Capisco» aveva allora replicato l'agente restituendole la carta di identità «cerchi comunque di riposare un po' almeno in questa ultima parte del viaggio, altrimenti arriverà a Milano distrutta.»

Dopo queste parole, aveva controllato i documenti degli altri passeggeri rimasti, per poi scendere salutando, con il pullman che era ripartito immediatamente. Piera aveva guardato in alto, verso un cuscino di quelli un po' etnici, da appoggiare sul letto rifatto, che sbucava dal vano portaoggetti. Lì dentro Pio aveva infilato una quantità di marijuana sufficiente per iniziare la nuova attività.

«Mamma» le aveva detto «quando arrivi a casa, dovrai dividere la maria in quantità più piccole, che sono poi quelle che andrai a vendere... È molto semplice: devi procurarti della pellicola di plastica trasparente e una bilancia di precisione, questa almeno per le prime volte. Poi, quando ci avrei preso la mano, le dosi le farai a occhio, in automatico. Il mio consiglio è di preparare due tipi di confezioni: una da dieci grammi, l'altra da venti, così potrai soddisfare due tipi di clientela, quella che può spendere e quella che ha magari un budget più limitato. Più avanti poi, quando la produrrete voi, potrai anche diversificare il prezzo a seconda se l'avrete coltivata all'aperto o negli armadi con le luci...»

Alla fine, nel cuscino c'erano stati molti più sacchetti di

quanti lei pensasse, che poi Pio aveva circondato con del cotone a batuffoli, per rendere l'imbottitura sufficientemente voluminosa. Insieme al cuscino, Pio le aveva dato anche una confezione di arachidi.

«E queste, che cosa sono?» gli aveva domandato lei.

«Ti ho fatto un mix un po' speciale, mamma. Se guardi bene, tra le arachidi noterai dei semi molto più piccoli, sembrano chicchi di riso di colore marrone chiaro. Ecco, mi raccomando, quelli non mangiarli perché sono semi di canapa, quelli da dove poi si ricava la marijuana. In realtà te li potresti comodamente portare in tasca, sono legali oramai dappertutto. Però, vista l'ignoranza di chi fa i controlli, tienili così, meglio prevenire che perdere tempo poi per spiegare... Nel sacchetto ce ne sono parecchi e vi serviranno per iniziare la vostra coltivazione. Nel libro che ho dimenticato a casa troverai le indicazioni di come piantarli, anche se sono sicuro che papà se ne prenderà cura nel migliore dei modi.»

Alla frontiera svizzera con l'Italia, il controllo dei documenti era avvenuto a terra con i passeggeri che erano stati fatti scendere dai doganieri. Nessuno era salito a bordo per dare un'occhiata ai bagagli. Piera, questa volta, aveva avuto meno patemi e finalmente era riuscita a prendere sonno, anche se per un'ora scarsa, tanto mancava all'arrivo alla stazione milanese di Lampugnano.

Lì, scendendo dal pullman aveva avuto la bella sorpresa di trovare ad aspettarla Celestino assieme a Emilia, che non vedeva da quasi quattro mesi.

«Ma cosa ci fate qui? E tu, piccola, che bello trovarti a Milano...»

«Non averti portato all'andata mi ha fatto sentire in colpa

per tutto il tempo della tua assenza» le aveva risposto Cele «quindi non potevo certo ripetere l'errore. In più poi, improvvisamente, è arrivata a casa tua figlia.....»

«Mi avete fatto proprio una gran bella sorpresa.»

Celestino le aveva preso la valigia, e la Piera si era incamminata con loro verso il parcheggio delle auto. Con il cuscino sotto il braccio aveva aperto il bagagliaio della vecchia Ford Focus.

«Che bello quello, mamma, dove l'hai preso?»

Per un attimo, quasi volesse prendersi qualche istante per pensare a una risposta, la Piera aveva finto di non capire, poi con Emilia che le aveva indicato il cuscino aveva detto: «Ah, dici questo?Me lo ha regalato la fidanzata di Pio, carino vero?».

«Molto, mamma, starà bene sul divano...»

Sulle parole di Emilia, Celestino aveva acceso il motore avviandosi verso la tangenziale. Sul sedile posteriore, dove aveva preteso di stare, lasciando a Emilia il posto davanti, la Piera, con il cuscino stretto sotto il braccio, aveva cominciato a fare piani per la loro nuova vita che sarebbe cominciata già dalla mattina successiva.

23

Piera e Celestino avevano deciso di non spiegare nulla a Emilia.

Semmai più avanti, si erano detti, sarebbe stato Pio a raccontare a sua sorella come i loro genitori erano riusciti a uscire dalla palude.

La stessa Emilia li aveva poi tolti involontariamente dall'imbarazzo, fermandosi ad Alzano Lombardone solo per un paio di giorni, giusto il tempo di chiedere in Comune una serie di certificati che le servivano per il lavoro.

«Facciamo che per Pasqua cercherò di restare un po' di più» aveva detto andandosene «magari proverò a organizzare anche con Pio, così ci saremo tutti...»

Poco dopo averla salutata, la Piera era già con la testa sul suo progetto. Seduta in salotto, aveva spiegato a Cele tutto quello che le aveva detto Pio, dai suoi consigli su come iniziare fino a cosa fare con i semi che lui le aveva dato. Mostrandoglieli, gli aveva anche indicato le pagine del libro trovato in camera, nelle quali si spiegava come favorire lo sbocciare dei fiori.

«Mi ha detto Pio che questi sono semi di piante speciali, che crescono in tre settimane e fioriscono prima degli altri, anche se non fa ancora caldissimo. Lui dice che per iniziare andranno benissimo, anche perché stiamo avviandoci verso la bella stagione, dove tutto, lì fuori, è molto più facile. Più avanti, se andrà come speriamo, avremo i soldi per comprarci gli armadi e i cambi di stagione non ci sfioreranno nemmeno...»

«Gli armadi? Quali armadi?» le aveva chiesto Celestino.

«Quelli che servono per coltivare la marijuana al coperto. Hanno delle luci con degli orologi che ne regolano l'intensità, facendo crescere le piante più velocemente e senza nessun problema. Comunque, invece di fartelo spiegare da una che fino a ieri sapeva tutto sul punto croce e niente di droghe leggere, perché non ti leggi bene il libro? Credimi, lì dentro c'è tutto quello che devi sapere. Poi, per te, sarà un gioco da ragazzi, fidati.»

Mentre ancora parlava, la Piera aveva cominciato a estrarre dal cuscino il suo prezioso contenuto mettendolo sul tavolino di vetro brunito che sin dal giorno del loro matrimonio stava in mezzo alla sala.

«Che ridere Cele!» aveva esclamato. «Ti ricordi che questo ce lo ha comprato con la lista di nozze il Bussolati, il farmacista del paese? Pio mi ha detto che in Olanda la marijuana è considerata anche una medicina. Be', allora mi sembra davvero il posto giusto per iniziare a lavorarci.»

Celestino, al solito non prontissimo a cogliere al volo qualsiasi tipo di battuta, aveva sorriso, ma solo dopo qualche secondo.

«Allora vediamo» aveva ripreso Piera «a questo punto ci vuole una bilancia per pesare le quantità da vendere: altrimenti come faccio a sapere quanti di questi fiori secchi ci stanno in dieci grammi?»

Mentre ancora parlava era andata in cucina a cercare la bilancia con cui pesava la farina per le torte, per poi scoprire che, sotto i venti grammi di peso, non era sensibile.

«E adesso, dove ne prendo una che possa misurare anche

grammature più basse?» si era chiesta, scuotendo la testa. «Non la venderanno certo al solito centro commerciale di Lodi...» Aveva allora guardato quasi per caso verso una mensola su cui era appoggiato un vaso della Drogheria Cappelli, l'unico ricordo rimasto di vent'anni di lavoro.

«Cele, Cele!» aveva urlato tornando di corsa in salotto «dài, vestiti che devi accompagnarmi a Pavia.»

«A Pavia? Ma Piera sono le otto di sabato sera, che cosa vuoi andare a fare fin là?»

«Devo andare in drogheria...»

«Adesso, ma sei impazzita?»

«Non abbiamo tempo da perdere.»

«Ma se sono tre mesi che non ci metti piede? È tutto chiuso, sbarrato, che senso ha?»

«Se ti sbrighi, in macchina te lo spiego, intanto cominciamo ad andare.»

A quel punto Celestino aveva capito che non gli restava che assecondarla e, saliti entrambi sulla Focus, erano partiti a grande velocità.

«Adesso mi spieghi...»

«Vuoi che cominciamo a lavorare al più presto? E allora devo trovare il modo di pesare le dosi di marijuana, altrimenti finiremo per rimetterci un sacco di soldi o prenderci le sberle dei clienti a cui stiamo vendendo meno del dichiarato.»

«Okay, sono d'accordo. Detto questo, non capisco ancora che cosa c'entri la Cappelli...»

«Ma come non capisci? Secondo te, in una drogheria come si deve come pesano le spezie, tipo il cardamomo, il garofano, la cannella? Magari, in quelle moderne hanno le confezioni già pronte; da noi, invece, si preparavano al momento a seconda della quantità che il cliente voleva, usando delle bilance di precisione. Dobbiamo prenderci una di quelle...»

«Ma Piera, la Cappelli è chiusa da una vita!»

«E allora? Ho ancora le chiavi... Ero quasi sempre io ad andarmene per ultima, chiudendo la baracca.»

«Ma avranno cambiato le serrature e ci sarà l'allarme inserito. E poi, faresti comunque qualcosa di illegale, non puoi mica entrarci, lì dentro.»

«Illegale... ma che vadano tutti a quel paese! Perché invece era legale il regalino che mi ha incartato il signor Cappelli, lasciandomi per strada dalla mattina alla sera? E per l'allarme, se non hanno cambiato il codice, me lo ricordo ancora a memoria.»

Celestino si era zittito, conosceva sua moglie e non l'avrebbe certo convinta continuando a discutere.

Arrivati all'angolo della drogheria, Piera era scesa dalla macchina dicendo a Celestino di aspettarla lì. Tirando fuori dalla borsetta una piccola torcia, l'aveva accesa, poi con il mazzo di chiavi nell'altra mano si era diretta verso la porta di servizio della drogheria, quella che, a differenza delle altre, era priva di saracinesca. In un attimo aveva trovato la chiave giusta nel mazzo ed era sparita all'interno. Per qualche minuto, Celestino si era sentito come uno dei protagonisti di quei film anni Settanta, dove l'autista della banda aspetta col motore acceso fuori dalla banca i complici. Non aveva dovuto attendere a lungo, perché la Piera era riapparsa quasi subito dall'interno della drogheria. Tra le mani stringeva quella che doveva essere la bilancia di precisione che cercava. L'aveva appoggiata sul marciapiede per richiudere la porta, prima di tornare velocemente in macchina.

«Eccola qui, che cosa ti avevo detto?»

«Ma come hai fatto in così poco tempo?»

«Il codice dell'allarme era ancora il vecchio 2405... Lì dentro, poi, era tutto come il mio ultimo giorno, con la differenza che si sono portati via tutta la merce. Sono andata dritta verso il bancone delle spezie, ho puntato la torcia sulle mensole e la bilancia era lì. Pesa più di quanto pensassi, ma ce l'ho fatta. Adesso però parti, perché direi che meno rimaniamo da queste parti, meglio è.»

24

In mezza giornata di lavoro la Piera aveva confezionato almeno una cinquantina di palline da dieci grammi e trenta da venti. La bilancia della drogheria aveva fatto perfettamente il suo lavoro anche se, quasi sempre, lei aveva lasciato qualcosina in più in ogni confezione.

Se qualcuno dei clienti controllerà il peso, si era detta, si accorgerà del regalino e gli verrà sicuramente voglia di tornare da noi. Una cosa del genere l'aveva vista fare migliaia di volte alla Cappelli con il proprietario che le aveva spiegato che dare sempre qualcosa di più al proprio cliente fa sempre un gran bell'effetto.

Con le confezioni preparate, aveva consumato più o meno un terzo della marijuana che Pio le aveva messo nel cuscino. Se fosse andato tutto come doveva, sarebbero stati a corto di materia prima molto presto, sicuramente in anticipo rispetto ai tempi dell'orto della cascina. Ma di questo si sarebbero preoccupati più avanti.

Con le palline allineate sul tavolo del soggiorno, adesso la Piera era finalmente pronta per il grande passo, ovvero contattare i primi clienti e cominciare a vendere. Non aveva la minima idea di come si sarebbe organizzata per le consegne. In ogni caso, aveva capito che era davvero inutile fasciarsi la testa in anticipo: intanto doveva cominciare a chiamare, poi sarebbe arrivato il resto.

Il giorno prima Celestino si era procurato una nuova sim ricaricabile. Sapeva perfettamente, avendo dovuto lasciare i dati della sua carta di identità, che questo non bastava a proteggere il loro anonimato, ma preferiva comunque evitare di utilizzare il loro numero di sempre. Così come avevano deciso che non avrebbero usato i loro veri nomi: da quel momento, per tutti i futuri clienti sarebbero stati Licia e Mirko, come la coppia del cartone animato *Kiss me Licia* che avevano per caso visto insieme pochi giorni dopo essersi conosciuti.

Inserita la carta in un vecchio cellulare che Pio aveva lasciato in casa prima di andarsene in Olanda, la Piera lo aveva acceso per comporre poco dopo il primo numero, scelto a caso dall'agendina.

«Pronto, chi è?» aveva risposto una voce di donna.

Piera, che come pseudonimo per il numero chiamato aveva "Sandokan", era rimasta decisamente sorpresa di non trovare un uomo dall'altra parte.

«Buonasera, mi chiamo Licia, disturbo?»

«Non so, dipende... Lei chi è e, soprattutto, cosa vuole? Non ho il suo numero in memoria.»

«Le spiego immediatamente» aveva allora risposto Piera con voce accondiscendente «come dicevo, sono Licia, un'amica di Marika...»

«Marika? Quale Marika?»

«Quella di Lovato.»

«Non conosco nessuna Marika di Lovato.»

«Eppure il suo numero me lo ha dato lei, dicendomi di avvisarla che prendevo io il suo posto, se aveva ancora voglia di trattarsi bene....»

Dall'altra parte era seguito un lungo silenzio.

«Pronto, è sempre lì, signora?»

«Guardi, facciamo così, visto che credo di non aver capito bene cosa intenda dire, facciamo che nel caso la richiamo...»

“Sandokan” aveva riattaccato, lasciando Piera decisamente spiazzata.

Celestino, seduto dall’altra parte del tavolo, le si era avvicinato per incoraggiarla: «Dai, che cosa pretendevi, che alla prima telefonata ti ordinassero dieci dosi? Vedrai che andrà meglio, anche se ho la sensazione che non sarà facile conquistare la fiducia dei clienti».

«Lo so, infatti voglio provare subito con un altro numero... Pronto, la disturbo?»

«No... no, è solo che deve attendere un attimo.» Questa volta a rispondere era stata una voce maschile, all’apparenza molto giovane.

«Si figuri, aspetto.»

«Eccomi, chiedo scusa ma stavo parcheggiando la macchina e non riuscivo contemporaneamente a tenere in mano il cellulare. Mi dica tutto.»

«Bond, se non sbaglio?»

«Prego?»

«Lei è Bond, giusto?»

«Sì, certo, come no...»

«Ah, bene, allora io sono Licia, quella che ha preso il posto di Marika.»

«Come amante di 007?»

«Non capisco...»

«Dicevo, come nuova Bond Girl? Dai Antonia, ancora con questi cazzo di scherzi, non mi freghi più!»

«Antonia? Io sono Licia, le ho detto.»

«Sì, sì, certo. E io sono Sean Connery... Dai Anto, mollami, che sono in ritardo per la cena, al Tagiura mi stanno aspettando tutti gli altri...»

«Ma lei non è Bond, quindi?»

«Oh, se sei Antonia, ho detto basta... Altrimenti, senta, o lei mi sta prendendo per il culo o ha sbagliato numero...»

«Le confermo che non sono Antonia e che cercavo qualcuno che si fa chiamare Bond...»

«Ecco, allora non sono io, anche perché ho appena cambiato gestore telefonico e mi hanno dato un numero nuovo...»

Non sapendo più cosa rispondere, la Piera aveva deciso di interrompere la comunicazione.

«Di male in peggio, ma io non mi arrendo» aveva commentato continuando a sfogliare l'agendina cercando i numeri che nei giorni precedenti aveva decodificato.

«Osasuna: questo mi piace, anche se suona strano...» aveva detto al marito, mentre stava già componendo il numero.

Per due volte, dopo sette squilli era scattata la segreteria: forse non era una buona idea lasciare un messaggio.

Poi era stata la volta di "Icardi": staccato.

"Magnum": inesistente.

"Jordan": altra segreteria.

Prima di arrendersi, almeno per quella prima serata, la Piera aveva provato con "Kimi", ottenendo finalmente una risposta.

«Pronto Kimi, sono Licia, amica di Marika, hai un attimo?»

Questa volta Piera aveva deciso di incalzare il suo interlocutore, senza lasciargli il tempo per pensare.

«Salve, ma intende Marika, quella dei Navigli?»

«Be', sì» aveva replicato lei, pensando che Lovato si trovava in effetti sul Naviglio.

«Che fine ha fatto la Marika? Sono due mesi che tento di chiamarla e non risponde, sembra sparita nel nulla, svanita.»

«Ha avuto qualche problemino, ma sta bene... Adesso, se le interessa ancora, ci sarei io a sostituirla, con della merce ancora più buona.»

«Ti ringrazio, Licia, ma quando Marika non si è fatta più trovare, ho aspettato qualche giorno, poi mi sono rivolto altrove, sai, non potevo stare senza.»

«Capisco, ma la nostra roba è davvero buona, dovrebbe comunque provarla...»

«Per adesso sto bene così, è un po' più cara di quella di Marika, ma la qualità è ottima, comunque se dovesse cambiare qualcosa ho il tuo numero e ti richiamo...»

Con queste ultime parole, anche Kimi aveva riattaccato, lasciando la Piera con nulla tra le mani. Appoggiando il cellulare sul tavolo aveva poi guardato, sospirando, tutte le palline allineate di fronte a lei.

«È solo una questione di tempo, fidati» aveva ribadito Cele, questa volta accarezzandola.

«Forse siamo stati troppo ottimisti» gli aveva risposto lei «per vendere tutta 'sta roba altro che pochi giorni: ci vorranno mesi, se mai ce la faremo. D'altra parte» aveva concluso «che cosa c'entriamo noi con questo mondo? La gente lo sente, se uno si improvvisa in un ruolo che non gli appartiene!»

«Non dire sciocchezze, al telefono sei stata perfetta, nessuno avrebbe potuto immaginare chi eri veramente. Penso che bisogna avere pazienza, tutto qui. Vedrai che i clienti arriveranno presto e quando avremo il primo, seguiranno tutti gli altri...»

25

Le due giornate successive erano trascorse allo stesso modo, con la Piera che aveva fatto più di quaranta telefonate, ricevendo da tutti risposte diverse nella forma ma uguali nella sostanza: nessuno sembrava disposto a fidarsi di una sconosciuta. Demotivata e triste aveva chiamato Pio ad Amsterdam per cercare da lui almeno un po' di conforto.

«Mamma» le aveva risposto in modo più sbrigativo del solito «credo che sia solo una questione di tempo. Vedrai, quello che ti ho dato è un prodotto eccellente, superiore al resto del mercato, basterà che qualcuno lo provi e, con il passaparola, cambierà tutto. Però adesso devi scusarmi» aveva concluso «ma abbiamo un po' di problemi qui al locale e quindi non posso stare al telefono.»

«Problemi, e di che tipo, tesoro?»

«Niente di grave, ti spiegherò...»

«Devo preoccuparmi? Oltre a tua madre, sono anche uno dei soci... di capitale, come hai detto tu.»

«Ma no, solo cose burocratiche con il Comune, le risolveremo.»

«La data di inaugurazione rimane comunque sempre quella che mi hai detto l'altro giorno?»

«Spero di sì, anche perché coincide con la festa del quartiere e quindi avremmo molta più gente. Comunque, mamma, davvero, stai tranquilla per tutto. Fidati che qui le cose andranno per il meglio e anche per voi cambierà tutto, ne sono sicuro. Altrimenti non ti avrei certo aiutato a iniziare.»

«Be', ci mancava solo che dopo quello che ci hai combinato, mi lasciassi sola in questo casino...»

«Dai, mamma, non torniamo sui vecchi discorsi, adesso devo andare. Un bacio, ti voglio bene.»

Dopo la telefonata con Pio, Piera era andata in cortile a prendere un po' di aria fresca. Si sentiva soffocare: era come se si trovasse di fronte all'ennesimo fallimento nella sua vita. Uscendo, aveva trovato Celestino che, approfittando della prima giornata dell'anno che sapeva di primavera, stava lavorando nell'orto. Da sempre, quella parte della cascina per lui era come una specie di rifugio, una zona franca, dove poteva fare quello che voleva senza che nessuno interferisse. La sua passione per il giardinaggio e per tutto quello che è verde era sempre stata qualcosa per cui la moglie lo ammirava, vedendo come si applicava e i risultati che otteneva. I pomodori che crescevano in quei pochi metri quadri di terra erano molto più buoni di quelli comprati al supermercato, così come gli alberi da frutta piantati poco dopo il loro matrimonio continuavano, anno dopo anno, a produrre pesche e albicocche davvero squisite.

«Cele» gli aveva detto con un tono decisamente abbattuto «ancora nulla. Altri cinque non mi hanno risposto, tre mi hanno ancora buttato giù il telefono...»

«Sapevamo sin dall'inizio» le aveva risposto lui, piegato in due su un pezzo di terra smosso da poco, «che sarebbe stato difficile. Forse il viaggio in Olanda e l'incontro con Pio ti hanno fatto credere il contrario, ma non è così. Prova a pensare se nella nostra vita c'è mai stato qualcosa di facile, qualcosa che è andato per il verso giusto sin dall'inizio.»

«È quello che sto facendo da ieri sera, Cele. E la risposta che mi sono data è sempre la stessa, con l'aggiunta che non solo per noi è stato tutto difficilissimo, ma praticamente nulla di quello che abbiamo progettato, sognato e voluto, è andato come doveva. Quindi ti chiedo: perché questa volta dovrebbe finire in maniera differente?»

«Non lo so, ma dobbiamo continuare a pensare positivo, d'altra parte non sei stata tu che mi hai convinto, dicendomi che è la nostra ultima possibilità? E allora, tanto vale crederci e provarci, un po' come spero facciano i semi che ti ha dato Pio e che ho appena interrato...» aveva detto indicando il pezzo di orto che aveva sotto i piedi.

«Li hai già piantati?» aveva esclamato lei, con voce sorpresa.

«E che senso aveva aspettare? Ieri notte mi sono letto la parte del libro dedicata alle coltivazioni della marijuana all'aperto. Stamattina, mettendo in pratica quello che c'era scritto, ho seminato tutta la terra che sono riuscito a liberare e secondo i miei calcoli, qui sotto, dovrebbero crescere almeno trecento piante. Quindi, per questa stagione, niente verdura e niente kiwi...»

«Peccato, i kiwi alla mattina non mi dispiacevano» gli aveva risposto lei, finalmente con un accenno di sorriso in volto.

«Direi che ne potrebbe valere la pena, cosa dici? Quanto vengono al chilo i datterini?»

Proprio mentre la Piera gli stava per rispondere, il cellulare che aveva nella tasca del grembiule si era messo a suonare.

«Che fai, rispondi, no?» l'aveva esortata lui, vedendola esitante.

«Cele, ma non capisci... non è il mio telefono, è quell'altro, quello con la scheda nuova.»

«Be', a maggior ragione...»

«Ho paura.»

«Ah!» aveva esclamato lui. «Vuoi che risponda io? Magari la voce di un uomo fa un altro effetto...»

«No, no, rispondo io. Marika era una donna, quindi tocca a me. Pronto...»

«Buongiorno, sono Rocky, mi ha girato il numero Bond...»

Piera era rimasta in silenzio.

«Mi sente? Ha capito che cosa le ho detto?»

«Sì, sì, mi scusi, è che stavo facendo un'altra cosa. Mi dica, Rocky, che cosa posso fare per lei?»

«Mi servono due da venti.»

«Va bene, nessun problema, ci sono, appena confezionate.»

«Non è che è roba... acerba, vero?»

«No, no, le ho appena preparate, il prodotto è perfetto, mi creda.»

«Allora va bene, mi dica dove posso passare a ritirarle. Oppure me le porta a casa lei? Io abito in zona corso Sempione...»

Piera, a quel punto, era rimasta in silenzio. Nei giorni precedenti aveva pensato a tutto, tranne a come e dove consegnare la roba. Quell'aspetto, per qualche ragione, non lo aveva considerato.

«Rocky, la posso richiamare io tra due minuti?» gli aveva detto, cercando in qualche modo di prendere un po' di tempo.

«Va bene, ma che siano due veri però, non ho tempo da perdere.»

Chiusa la chiamata, Piera aveva guardato fisso negli occhi Celestino.

«E adesso?»

«Che ti devo dire, adesso guardiamo la cartina di Milano e diamo un appuntamento a 'sto tizio dalle parti di casa sua...»

«Dobbiamo fare presto, altrimenti lo perdiamo» aveva risposto lei correndo in casa. Su una mensola vicino all'ingresso c'era un vecchio stradario, di quelli che sino a qualche anno prima venivano consegnati in allegato alle *Pagine Gialle*. Celestino l'aveva subito raggiunta e l'aveva aperto cercando corso Sempione.

«Eccolo qua» aveva esclamato «è vicino a piazza Firenze. Digli lì: angolo viale Certosa, sulla destra...»

Senza neppure rispondergli, la Piera aveva ripreso il telefono e richiamato Rocky.

«Le va bene per le sette?»

«Per me è okay. Ma come la riconosco? Marika consegnava sempre in moto...»

«Sarò in una Ford Focus grigia... quando la vede, apra pure la portiera dietro ed entri» aveva improvvisato lei.

«Una Ford Focus? Va bene, allora alle sette. Ma che non sia un bidone, perché altrimenti non mi vedrete mai più.»

Terminata la chiamata, dopo un attimo di pausa, la Piera era scoppiata a ridere.

«Ma ti rendi conto, Cele, che gli ho anche detto come doveva salire in macchina? Chissà se ho fatto la cosa giusta...»

«Be', per me sì, sembravi proprio una che sa il fatto suo. Dai, adesso preparati che andiamo...»

«Andiamo? E dove? A parte che non sono nemmeno le cinque, e poi all'appuntamento con Rocky ci vado da sola...»

«Neanche per sogno, è pericoloso.»

«Ma se vede due persone non potrebbe insospettirsi?»

«E di chi? Di una coppia di pensionati settantenni su una Focus? Ma dai!»

«Non si sa mai...»

«Vada come vada, io lì, da sola, non ti ci faccio andare.»

«E va bene, ma magari una volta in piazza Firenze scendi e fai il palo...»

«Secondo me hai visto troppi telefilm ultimamente.»

26

Una mezz'oretta più tardi Celestino e Piera avevano lasciato la cascina a bordo della loro Focus. Lui aveva calcolato che, per arrivare in corso Sempione a Milano, ci sarebbero voluti una cinquantina di minuti, ma la paura di trovare qualche ingorgo in tangenziale, e magari perdersi in città, lo aveva convinto a partire con grande anticipo. Questa volta la Piera aveva fatto come diceva lui, senza discutere. Lo aveva visto nervoso e agitato e quindi aveva preferito assecondarlo, anche se le due ore scarse che mancavano all'appuntamento con Rocky le sembravano decisamente troppe. Prima di salire in macchina, in maniera molto attenta e precisa aveva ripesato ancora due volte la marijuana, calcolando un paio di grammi in più per ciascuna dose, escluso il peso dell'involucro che la conteneva. Un po' come quando andava dal salumaio e lui le pesava il prosciutto con già la carta sotto, scalandola poi dalla bilancia. Il loro primo cliente non doveva essere solo soddisfatto, ma addirittura entusiasta.

Poi, sorridendo per quanto aveva appena pensato, quasi fosse già un'esperta del settore, aveva messo nella borsetta altre quattro palline.

Non si sa mai, si era detta, che magari con Rocky ci sia qualche altro cliente...

La Focus degli Aiello aveva percorso una serie infinita di strade tra campi e risaie, con la luce del tramonto alle spalle che li aveva accompagnati in questo loro primo viaggio della speranza. Dopo una ventina di minuti erano arrivati sino all'innesto sulla provinciale. Da lì avevano preso l'A7 per poi immettersi nella tangenziale di Milano, trovandola completamente bloccata.

«Per fortuna che siamo partiti in anticipo. Piera, guarda che casino!»

Mentre lei stava per rispondergli, il telefono aveva ricominciato a suonare. Per un attimo, Celestino l'aveva guardata, cercando di capire quale dei due cellulari stesse squillando. Mettendo la mano nella borsa, la moglie lo aveva subito tranquillizzato: era quello vecchio.

«Sì però» aveva commentato lui «cambia la suoneria a uno dei due, così almeno si capisce subito di che si tratta.»

«Hai ragione, ma non so come si fa, Cele, e nemmeno tu, credo. Almeno se ci fossero i ragazzi a casa, ci faremmo aiutare...»

«Vabbe', vedremo domani, intanto rispondi...»

«È Aidha! Non la sento da quasi due settimane e proprio adesso mi chiama. Pronto, amica mia, ma dove sei, come stai? Dimmi qualcosa, tu e Said siete scomparsi nel nulla, ero tanto preoccupata per voi...»

«Ciao Piera» le aveva subito detto lei con un filo di voce «purtroppo le cose non vanno affatto bene. Hanno deciso di espellermi dall'Italia: per loro sono una clandestina.»

«Ma come? Non è possibile, tu sei siriana, sei una rifugiata, lo dicono le leggi che hai diritto di restare, e poi hai due figli piccoli» le aveva ribattuto la Piera, fingendo di non sapere nulla del documento falso.

«In teoria è così, ma non per tutti, la polizia ci mette tanto tempo per decidere...»

«Sì, ma intanto la brava gente come voi la fanno restare qui, mica la buttano fuori.»

«Loro non pensano che siamo delle brave persone... In questura hanno detto che il mio permesso era falso e che per questo avevo perso i miei diritti di rimanere in Italia.»

«Ma è assurdo, Aidha, non sta né in cielo né in terra. Non è vero, giusto?»

A quel punto Aidha era rimasta in silenzio per qualche secondo, poi era scoppiata a piangere. «No» le aveva risposto singhiozzando «è la verità. Quando siamo arrivati in Italia, io ero senza documenti, perché me li avevano rubati durante il viaggio in barca. Una volta arrivati al campo profughi, in Sicilia, della gente ci ha avvicinato, offrendoci di farmi avere il permesso di soggiorno in cambio di 5000 euro. La cifra per noi era enorme, glielo abbiamo detto subito che non avremmo mai potuto pagarli. Loro ci hanno risposto che non c'era problema, che i soldi glieli avremmo dati più avanti. "Appena fuori di qui, con i documenti in regola" ci avevano detto, dandoci un foglietto, "chiamate questo numero di telefono. La persona che risponderà vi troverà un lavoro. I primi mesi di paga li verserà direttamente a noi, fino a quando non avrete saldato il vostro debito, così saremo pari."»

«E quindi?» l'aveva incalzata la Piera.

«Abbiamo detto di sì a tutto. Tanto, che cosa avevamo da perdere? Eravamo chiusi in una specie di recinto, solo Said poteva andarsene, ma non mi avrebbe mai lasciato lì da sola con i bambini. In più, una volta usciti dal campo non avevamo idea di cosa fare, di dove andare. Quella gente non solo ci dava l'opportunità di andarcene, ma ci trovava anche un lavoro. Il giorno dopo, appena fuori, ho chiamato subito il numero che mi avevano dato. Poi siamo andati a Reggio Calabria e da lì in treno siamo arrivati a Milano. In Centrale ci sono venuti a prendere...»

Con Aidha che parlava come un fiume in piena, Piera si era praticamente dimenticata di Celestino, che mentre guidava nel traffico della tangenziale cercava di capire qualcosa di quanto stava succedendo.

«Quelli della stazione ci hanno portato in un albergo vicino a Pavia, dove siamo rimasti tre notti. Infine, una mattina, mi hanno presentato il signor Lomonaco, quello dell'edicola, che ha fatto prima lavorare Said e poi, dopo qualche settimana, ha trovato posto anche a me, nel carcere.»

«E con i vostri stipendi pagavate il tuo debito...»

«Esatto.»

«Poi cosa è successo?»

«Non lo so, qualcuno deve aver detto alla polizia di Lomonaco, penso gli abbiano chiesto i nostri documenti, capendo che il mio era falso.»

«E adesso?»

«Dopo due giorni in caserma, mi hanno rimandato a casa, ma tra una settimana mi vogliono espellere.»

«E dove ti manderebbero?»

«O in Siria, ma non credo sia possibile, o in Turchia, da dove siamo arrivati...»

«E i bambini, cosa succederà a loro?»

«Se Said rimane in Italia, ce li toglieranno, dandoli in affido a qualche istituto. Se invece lui si farà espellere con me, verranno via anche loro...»

«Ma è assurdo, con tutti quelli che veramente dovrebbero buttare fuori, se la prendono con delle brave persone come voi.»

«Non possiamo farci nulla, forse l'unica possibilità sarebbe trovare un bravo avvocato che ci aiuti, ma non avremo mai i soldi per pagarlo.»

Mentre la Piera stava per domandarle altri particolari, il suono dell'altro cellulare l'aveva interrotta.

«Rispondo io» le aveva detto Celestino «tu finisci di parlare con Aidha.»

Lei gli aveva fatto cenno di no con la testa, chiedendo contemporaneamente ad Aidha se potevano risentirsi più tardi: «Cara, devo assolutamente rispondere a un'altra telefonata. Ti richiamo io, va bene? Per adesso stai tranquilla».

«Sì, sì, grazie...»

«Tieni duro, mi raccomando, che forse ho un'idea per cercare di aiutarti... un bacio.»

Aveva poi chiuso la chiamata, per rispondere subito all'altro telefono, non prima di aver ricordato a Cele che era meglio che parlasse solo lei.

«Pronto, chi è?»

«Dimmi piuttosto tu, chi sei?» le aveva risposto subito una voce di donna «ho trovato il tuo numero tra le chiamate perse...»

«Sono Licia, un'amica di Marika.»

«Una amica di chi?»

«Di Marika, quella di Lovato, sicuramente se la ricorda, bruna, occhi azzurri, le spalle tatuate...»

«Ah, quella Marika. Mi ero quasi dimenticata che esistesse, è sparita da almeno tre mesi, e adesso ti ripresenti tu, così, dal nulla. Perché dovrei fidarmi?»

«Io le posso solo dire che, se volesse, abbiamo qualcosa di eccellente, unico sul mercato.»

«Intanto chi ti dice che io ho bisogno di qualcosa e proprio da te? E poi, se tu fossi un poliziotto?»

«Ma no, un poliziotto io, sono una signora...»

«Una che? Ma che risposta è?»

La Piera si era accorta di aver detto, nella concitazione del discorso, una mezza idiozia.

«Intendevo una di cui si può fidare...»

«Okay, capito. Allora, vediamo: riesci a farmi avere due porzioni per stasera?»

«Se per "porzioni" intende due confezioni, direi di sì.»

«Da dieci ne hai?»

«Solo da venti, mi dispiace, ma sa, stiamo iniziando adesso a conoscere il mercato...»

«Cazzo, dei principianti mi dovevano capitare» aveva commentato la donna. «Okay, allora va bene una da venti. Stesso prezzo della tua amica tatuata?»

«Identico.»

«Allora ti aspetto in largo Quinto Alpini, davanti al supermercato.»

Coprendo il microfono del cellulare con la mano sinistra, Piera si era rivolta al marito: «Sai dov'è largo Quinto Pini?».

Celestino, senza esitare, le aveva fatto di sì con la testa. Stupita per la rapidità della sua risposta, aveva ripreso la conversazione: «Benissimo, a che ora?».

«Otto in punto.»

«Okay, io sarò in una Ford Focus grigia.»

«E a me che me frega di dove sarai tu? Tu invece mi troverai su una Jeep con le quattro frecce accese...»

«Preferirei che lei salisse in macchina da noi, cioè da me...»

«Adesso siete in due? Quindi, signora, alle prime armi con accompagnatore... Forse è meglio lasciar stare.»

«No, no, si fidi, mi farò trovare con la merce in largo Quinto Pini, alle otto, puntuale.»

«Quinto Alpini, non Quinto Pini, Alpini! Ma che cazzo... Comunque non se ne parla che io salga sulla vostra macchina. O vieni tu, o cambio fattorino, capito?»

«Va bene, va bene, come preferisce. Alle otto allora, arrivederci... Ah, mi scusi, lei come si chiama, così mi segno il suo numero?»

«Barbarella, tesoro, Barbarella...»

«Grazie.»

Chiusa la telefonata, aveva chiesto a Cele di accostare.

Oramai erano quasi arrivati in piazza Firenze e mancavano venti minuti abbondanti alle sette.

«Forse stiamo improvvisando un po' troppo» gli aveva detto appena lui aveva spento il motore. «Di questa gente, delle loro abitudini, addirittura di Milano noi non sappiamo nulla. Nemmeno il nome delle vie e delle piazze... E se lasciassimo perdere?»

«Non ci credo che dopo tutto quello che hai fatto tu voglia mollare proprio adesso, con il nostro primo cliente a un quarto d'ora di distanza e il secondo già pronto. E chissenefrega se non sappiamo niente di lui, di loro, di quello che fanno e di dove abitano. L'importante è che gli diamo della buona roba, il resto conta poco. Quindi, Piera, prendiamoci un caffè e continuiamo...»

Un po' sorpresa per il modo deciso del marito, non certo una delle sue caratteristiche principali, Piera gli aveva risposto con un cenno della testa, come per dirgli che aveva capito.

«Pensa che potrebbe essere il nostro ultimo caffè da disgraziati» aveva commentato Celestino, entrando al bar che faceva angolo con piazza Firenze, pochi metri da dove, a momenti, avrebbero dovuto incontrare Rocky.

27

La portiera posteriore destra della Focus si era aperta di scatto, cogliendo di sorpresa Piera e Celestino. Nell'attesa del loro primo cliente, i due stavano ascoltando la *Zanzara* alla radio, quando Rocky era entrato nell'auto.

«Buonasera, sono Rocky!»

I due non si erano girati, rimanendo con lo sguardo fisso verso il parabrezza.

«Buonasera» gli aveva risposto lei con il cuore che aveva cominciato a batterle fortissimo. «Non mi giro per non guardarla in faccia, questa è la nostra regola, per rispettare il cliente.»

Cercando di controllarsi come meglio poteva, aveva poi messo una mano nella borsa, per prendere due palline da venti.

«Siete sicuri di vendere quello che cerco e non delle enciclopedie o delle aspirapolveri?» aveva allora commentato Rocky dal sedile posteriore. «Non mi sembrate propriamente degli spacciatori, piuttosto due nonni in attesa davanti all'asilo del nipotino...»

«E lei cosa ne sa?» gli aveva risposto la Piera «e soprattutto, che cosa gliene frega?»

«È che, di solito, i vostri "colleghi" sono decisamente diversi, direi un po' più dinamici... Per esempio, se io fossi un "cattivo ragazzo" e decidessi di prendermi la roba senza pagarvi, non riuscireste certo a fermarmi...»

«Ne è proprio sicuro?» aveva allora domandato Celestino, mostrando al passeggero il calcio di una pistola che sbucava dalla tasca destra del giubbotto.

La Piera, vedendo l'arma con la coda dell'occhio, aveva cominciato a sudare freddo.

«Okay, okay, ho capito, nessun problema, stavo scherzando, ma che fai, lo sceriffo?»

«Dobbiamo prenderci le nostre precauzioni...»

«Sì, ma senza esagerare. Era solo per dire. Ma chi siete veramente voi due?»

«Non siamo nessuno» gli aveva risposto subito Piera.

«Non state recitando, vero?»

«In che senso?»

«No, perché mi sembrate due personaggi di un film.»

«Vede telecamere, in giro?»

«Be' no...»

«E allora sbrighiamoci» aveva tagliato corto la Piera.

«Il prezzo è lo stesso che faceva Marika?» aveva chiesto ancora Rocky, riappoggiandosi sullo schienale del sedile.

Volendo chiudere la vendita al più presto possibile, la Piera aveva risposto con un «Certo che sì» che le era uscito in maniera decisamente convincente.

«Quindi sono 120 l'una, totale 240, dico bene?»

«Esatto, figlio mio.»

A quel punto era avvenuto lo scambio.

«Stessi prezzi, e spero stessa qualità di Marika...»

«Su questo, se mi permette, direi meglio. La nostra è roba olandese, di primissima scelta...»

«Olandese? Se è vero me ne accorgerò subito» aveva risposto lui «ho vissuto a Rotterdam per tre anni, l'erba di quelle parti, se è quella giusta, la si riconosce subito!»

Dopo essersi messo in tasca le due palline e dopo averli osservati ancora per qualche istante con curiosità, Rocky aveva riaperto la portiera.

«Se non mi avete fregato, ci rivedremo presto... ragazzi» aveva detto loro uscendo.

Con l'uomo oramai lontano, la Piera non aveva perso tempo per prendersela con Celestino: «Ma sei impazzito? Dove cavolo hai preso quella pistola? Quando gliel'hai mostrata stavo per svenire. È il nostro primo giorno e siamo già dei gangster!».

«Tranquilla» aveva replicato Cele, togliendo l'arma dalla tasca, per appoggiarla sul cruscotto. «Guardala bene, è finta, di quelle che sparano solo a salve facendo un gran rumore.»

«Sì, ma dove l'hai presa? Io in casa non l'ho mai vista...»

«E invece sì, è la pistola giocattolo del *Tenente Colombo*, l'avevamo regalata a Pio quando aveva dieci anni. L'ho trovata l'altro giorno in camera sua.»

«Sarà, ma portarsela dietro mi è sembrata una vera stupidaggine!»

«Fa scena, ma poi, scusa Piera, abbiamo appena guadagnato 240 euro in due minuti e tu pensi alla pistola?»

«Sì, perché ho avuto paura. E ancora adesso mi sta battendo il cuore, e tanto.»

«Tu piuttosto, come ti è venuta la faccenda della regola per rispettare il cliente?»

«L'avevo sentita in televisione.»

«Be', mi è piaciuta, brava.»

«Grazie» aveva detto lei, con ancora in mano i soldi.

«Tu, al carcere, questi soldi li porti a casa in una settimana, lavorando otto ore a notte...»

«Sì, ma quelli... sono onesti!»

«E perché, invece, per guadagnarti questi, hai forse fatto male a qualcuno?»

Celestino, come già altre volte negli ultimi giorni, si era ritrovato nel ruolo di saggio della coppia, cosa inedita in trent'anni di matrimonio.

«Hai ragione, ma mi fa un certo effetto pensarci. Passerà con l'abitudine, spero...»

«Dai, adesso vediamo invece dov'è largo Quinto Pini, che manca mezz'ora all'appuntamento con Barbarella.»

Ancora a motore spento, l'uomo aveva ripreso lo stradario, cercando di capire da che parte andare.

«Forse sarà largo Quinto Alpini, non Pini, che ne dici, Piera?»

«Sì, sì, mi ricordo che la tipa al telefono mi ha corretto, mentre te lo dicevo...»

«Allora siamo vicini, meno di dieci minuti, così a spanne...»

«Muoviamoci comunque subito, ma prima mi devi fare una promessa, Cele.»

«Quale?»

«Che domani, con questi soldi, andiamo a comprarci un navigatore...»

«Ma se poi non sappiamo come usarlo?»

«Senti, saremmo anche anziani, sfigati, tristi, ma non così idioti. Abbiamo imparato a confezionare e vendere la marijuana, tu hai cominciato addirittura a coltivarla, non credo sarà molto difficile capire un navigatore, no? Per il nostro nuovo... lavoro, direi che è fondamentale!»

«Hai ragione, domani pomeriggio passiamo da Euronics e ce ne prendiamo uno.»

Mentre stava ancora parlando, aveva riacceso il motore e,

dopo aver passato alla Piera lo stradario, era ripartito verso il loro secondo appuntamento.

Una volta arrivati davanti al supermarket di largo Quinto Alpini, trovare la macchina di Barbarella non era stato difficile. A parte il modello decisamente riconoscibile – sembrava appena uscita dal concessionario da tanto era lucida e pulita – la Jeep era piazzata di traverso all'incrocio, con le quattro frecce accese. Celestino aveva accostato poco prima, per non dare troppo nell'occhio.

«Questa» aveva commentato la Piera «mi sembra una che sa decisamente il fatto suo. Faccio più presto che posso» aveva concluso, prendendo un'altra pallina dalla borsetta.

«Piera, vado io, è più sicuro» le aveva detto allora Celestino.

«Più sicuro di cosa? Che cosa pensi mi possa succedere in centro a Milano, in un'auto che è impossibile non notare?»

«Appunto, non che io me ne intenda di queste cose, ma mi sembra una situazione paradossale...»

«Non lo so, ma siccome quella al telefono ha parlato con me, ci vado io e basta» aveva chiuso secco lei, scendendo dalla macchina.

Pochi secondi dopo Piera, dopo aver bussato al finestrino di Barbarella, era salita dalla parte del passeggero.

Be', se non è entrata dietro, almeno significa che quella è sola in macchina, aveva commentato Celestino tra sé e sé. In attesa, per ingannare il tempo aveva seguito con lo sguardo gli ultimi clienti serali del supermercato: c'era un po' di tutto, ma la maggioranza di quelli che uscivano con i sacchetti sembravano trentenni in carriera, con molta fretta di arrivare a casa.

Chissà quanti di loro, aveva riflettuto, potrebbero essere nostri clienti. Se ha ragione la televisione che dice che quasi la metà di quelli sotto i quarant'anni fuma marijuana, allora ci dovremmo piazzare qui davanti, senza preoccuparci troppo di andare in giro...

Tra un pensiero e l'altro, Celestino si era accorto che la moglie era dentro l'auto di Barbarella da oramai dieci minuti. Gli sembravano un po' troppi. Perciò aveva deciso di scendere e di avvicinarsi alla Jeep. Arrivando da dietro, i vetri scuri dell'auto gli avevano impedito di vedere che cosa stesse succedendo all'interno. Allora era passato di fianco alla macchina per poi girarle davanti e, senza dare troppo nell'occhio, aveva guardato all'interno, vedendo la moglie che si stava fumando una sigaretta mentre parlava con la donna al volante. Un po' stupito, visto che la Piera non toccava del tabacco da più di cinque anni, era ritornato sui suoi passi, risalendo in macchina e ricominciando ad ascoltare la radio.

Qualche minuto dopo, Piera era ritornata alla base. Con il sorriso sulle labbra, come se nulla fosse accaduto, si era seduta al suo fianco.

«Perdonami» le aveva detto lui «ma che cosa hai fatto per tutto questo tempo? Da vendere avevi solo una pallina...»

«Intanto ti sbagli, ne avevo due. E poi non è successo nulla di grave, anzi. All'inizio Barbarella non mi ha quasi guardato in faccia, sembrava una donna stressata che aveva solo bisogno di rilassarsi con una canna. Poi, mentre stava per pagarmi, mi ha chiesto quasi per caso di Marika, e da lì, dalla mia risposta, è nata una conversazione molto interessante. Ci siamo dette molte cose su di noi, io non avevo il coraggio di chiederle molto, ma ci ha pensato lei a raccontarmi chi era e che cosa faceva. Pensa che è avvocato penalista, in uno studio molto importante.»

Celestino non sembrava molto interessato all'argomento:

distratto dal traffico milanese, l'aveva lasciata parlare senza mai interromperla, mentre stava già guidando verso casa.

«Quindi tornerà da noi per il fumo?» le aveva chiesto a un certo punto.

«Se è questo che ti interessa, invece di chiederti come mai una perfetta sconosciuta si sia aperta con me in questo modo, direi proprio di sì, visto che mi ha comprato anche la seconda pallina, dandomi tre biglietti da cento euro senza volere il resto. Tra l'altro mi ha anche detto che solo con il giro dei suoi amici possiamo piazzarne una decina alla settimana, se non di più. Lascio a te i conti...»

«Sono più di quattromila euro al mese, solo con lei!»

«Anche di più, Cele, con le palline da venti euro sono cinquemila abbondanti.»

«Cavolo, Piera, io cinquemila euro li prendevo in quattro mesi di lavoro, facendomi un mazzo così!»

«E perché io, invece?»

«Mi verrebbe da chiedermi come mai non ci abbiamo pensato prima a fare una cosa del genere...»

«Be', perché tu ti occupavi di pomodori e insalate, io di spezie e canditi e Marika non era propriamente la persona che avremmo invitato a casa per cena...»

28

«Pronto mamma, perché mi chiami così presto alla mattina? È successo qualcosa?»

«No, no, Pio, tranquillo. È che con la nuova attività sto dormendo pochissimo, anche meno di prima. Quattro ore a notte sono già tante, quindi stamattina, svegliandomi presto, ho pensato a te...»

«Ti ringrazio, ma il fatto è che io, invece, cerco di dormire al mattino, visto che con il locale in dirittura d'arrivo non vado mai a letto prima delle tre. E quando apriremo, sarà ancora peggio.»

«Scusami tesoro, non ci avevo proprio pensato.»

«Niente mamma, tanto ormai sono sveglio. Dimmi tutto...»

«Pio, non hai idea, il nuovo lavoro sta andando benissimo, molto più di quanto ci aspettassimo. Pensa che ho lasciato il posto al carcere senza pensarci nemmeno un secondo. I clienti, in una sola settimana, si sono moltiplicati, e non c'è quasi più bisogno di chiamarli, sono loro a farsi sentire, il passaparola ha funzionato, grazie a noi ma anche alla qualità della marijuana che ci hai dato.»

«Mi fa piacere, mamma, ma se è per questo, potevi davvero aspettare mezzogiorno per telefonarmi.»

«No piccolo, c'è dell'altro che ti riguarda...»

«Che cosa sarebbe?»

«Che abbiamo praticamente finito le scorte, da domani

saremo senza. Prima che fiorisca quella che sta coltivando papà ci vorrà ancora un po' di tempo, e noi non possiamo permetterci di fermarci proprio ora, lo capisci, vero?»

«Sì, certo, e cosa devo fare?»

«Darci ancora una mano Pio, solo tu puoi trovarci la roba giusta. Di contanti, in tasca, cominciamo ad averne, quindi non preoccuparti, questa volta paghiamo noi direttamente.»

«Be', questa è una buona notizia, perché ultimamente comincio a essere a corto io, mamma. L'Alzano ci sta costando più del previsto e se non cominciamo a incassare non so come potremo andare avanti. Piuttosto, però, stavolta non so davvero come fare a darti il cuscino. Io da qui non posso muovermi.»

«A questo ci ho già pensato io, tesoro. Prenderò il pullman, partendo a metà pomeriggio da Milano, e arriverò alle quattro ad Amsterdam. Se tu potessi portarmi i cuscini direttamente alla stazione dei bus sarebbe perfetto...»

«I cuscini?»

«Be' sì, ce ne servono almeno due, per arrivare fino al primo raccolto di tuo padre.»

«Mamma, cominciano a essere tanti soldi...»

«Per questo ti ho già detto che non ti devi preoccupare.»

«Okay, va bene. Ma se arrivi in questi giorni, perché allora non ti fermi all'inaugurazione del coffee shop? Mi sembrava ci tenessi...»

«Certo che ci tengo, ma non posso lasciare il mercato per troppo tempo, non si sa mai. Se riprendo subito il pullman che torna a Milano, in meno di quaranta ore avrò fatto tutto.»

«Ma sarà un massacro, mamma. Non te lo consiglio. E poi alla dogana italiana di Chiasso potrebbero insospettirsi, vedendoti due volte in così poco tempo.»

«Correrò il rischio, Pio, devo farlo. Altrimenti, se si ferma tutto adesso, torniamo al punto di partenza del mese scorso. Ci saremmo fatti un mazzo tanto per nulla.»

«Va bene, ho capito, quello che sta succedendo mi sembra ancora inverosimile, ma farò ciò che mi hai chiesto. Anche se non capisco perché, adesso che potete permetterveli, non vi siete ancora comprati gli armadi, avevi detto che l'avreste fatto...»

«In effetti sono arrivati proprio ieri. Papà li ha messi in garage, tanto la Focus può rimanere fuori per come è conciata. Sono già in funzione ma, come dice il libro, anche facendo credere alle piante che è sempre giorno, ci vuole comunque ancora un po' di tempo.»

«Ho capito. Quando pensi di arrivare?»

«Parto domani pomeriggio, quindi dopodomani...»

«Ma dopodomani apriamo il locale, come faccio a staccare alle quattro, due ore prima dell'inaugurazione?»

«Per me è l'unica possibilità, tesoro.»

Pio era rimasto in silenzio per qualche attimo. «Mamma, mi è venuta un'idea migliore. Tu non lo sai, ma in Svizzera la marijuana è legale tanto quanto in Olanda, quindi è più facile anche coltivarla e venderla. Ronald, uno dei miei due soci olandesi, ha un amico che vive a Zurigo e che ha aperto un locale simile al nostro. Fammi chiedere a lui se magari ti possono aiutare da lì, Zurigo è più vicina, te la caveresti in giornata.»

«Vedi tu, piccolo, ma richiamami appena sai qualcosa, mi raccomando.»

Mezz'ora più tardi Pio aveva ritelefonato alla madre.

«Mamma, allora, se vuoi ci sono dei tizi che in Svizzera possono darti tutto quello che ti serve, più o meno allo stesso prezzo di quanto la pagheresti qui. Dovrai fare però tutto al momento e in contanti. Cosa ne dici?»

«Ma è sicuro?»

«Ronald mi ha detto di sì, io non conosco queste persone ma mi fido di lui. Decidi tu...»

«Okay, ma la qualità, almeno quella è garantita?»

«Assolutamente sì, come quella che hai preso qui il mese scorso...»

«Va bene, tesoro, ricevuto. Ora che ho le due opzioni, ci penso e poi ti dico. Adesso ti saluto, un bacio grande.»

Terminata la conversazione, Piera si era fatta un buon caffè per poi cercare di confezionare le ultime palline con l'erba rimasta. Per ottimizzare tutto, aveva deciso che per quella sera avrebbero venduto solo confezioni da dieci grammi. Non era però riuscita a prepararne più di cinque. Proprio mentre stava per arrotolare le ultime due e mettere via la bilancia, il suo telefono, quello ufficiale, aveva squillato nuovamente.

«Pronto, Piera, sono Marika, come stai?»

«Marika? Ma sei tu davvero? Ma come hai fatto ad avere il mio numero?»

«Ti sei scordata che posso sapere tutto di te?» le aveva risposto lei con voce scherzosa. «Ma piuttosto, ti preoccupi di come ho trovato il tuo cellulare e non mi chiedi nemmeno come mi sta andando?»

«Scusa, hai ragione, ma è tanta la sorpresa di sentirti, che non so davvero cosa dire. Dove sei?»

«A casa, nonna, sono a casa.»

«Ma come, non avevi ancora da farti sei mesi?»

«Oh, sembra quasi che ti dispiaccia... Certo che avevo ancora sei mesi, che poi sono diventati quattro. Alla fine mi hanno dato i domiciliari per l'ultimo periodo di pena. È stato bravo il mio avvocato, a convincerli.»

«Ma cosa dici che mi dispiace? Certo che no... sono felice per te.»

«Se è per il lavoro che stai facendo, non ti preoccupare, quello non me lo riprendo: sono diventata allergica a quel tipo di roba, devo rimanerne lontana. Sai, stando in prigione a non fare un cazzo dalla mattina alla sera, passi il tempo a pensare. Piuttosto come sta andando la nuova avventura?» l'aveva incalzata Marika.

«Lo vuoi sapere al telefono?»

«Intanto sto usando il cellulare di mia sorella e poi perché? Qualcuno può impedirmi di chiederti come procede la nuova coltivazione di kiwi di tuo marito?»

«No, no, che stupida, certo che me lo puoi domandare. Direi molto bene, dall'Olanda sono arrivati dei semi che sembra siano portentosi, dicono che daranno dei frutti di dimensioni doppie rispetto allo standard, vedremo comunque più avanti, in estate.»

«Sono contenta per te, Piera. Magari, verso giugno, finiti i domiciliari vengo a trovarti e mi fai vedere come prosegue l'attività. Anzi, sai cosa ti dico? Siccome il mio avvocato deve presentare al giudice una serie di proposte di impiego per il dopo pena, gli dirò di metterci anche questa, come prima. Potrei lavorare come contadina da voi, che ne dici?»

La Piera, dopo un attimo di esitazione, aveva preso un bel respiro e aveva risposto: «Mi sembra un'idea fantastica, noi siamo qui ad aspettarti a braccia aperte, se deciderai di darti alla campagna. Te lo dico prima, però, da queste parti si fa una vita che, rispetto a quella di Lovato, è completamente all'opposto...».

«Non preoccuparti, nonna, io sono di origine campagnola, i miei nonni erano contadini prima di venire a Milano, negli anni Sessanta. La terra, io, ce l'ho nel sangue.»

Con queste ultime parole, Marika l'aveva salutata, dicendole che si sarebbe fatta risentire al più presto. Con ancora il cellulare in mano, la Piera si era seduta sul divano, spegnendo la televisione e rimanendo nel silenzio più totale.

Voleva capire dalle parole di Marika se era solo una telefonata di cortesia o se, molto presto, avrebbe dovuto farla rientrare nel giro. Dieci minuti dopo era ancora ferma nella stessa posizione, con in testa la stessa domanda, totalmente incapace di raccapezzarcisi. Neanche la voce di Celestino che, nel frattempo, avendo finito di curare le piantine nell'orto, era rientrato in casa, l'aveva scossa da quella specie di trance.

«Tesoro, stai bene?» le aveva chiesto lui, vedendola immobile sul sofà. Non avendo ricevuto risposta, le aveva ripetuto la domanda un altro paio di volte, per poi avvicinarsi toccandola su una spalla.

«Sì, sì, Cele, tutto a posto, non preoccuparti...»

«Non direi, hai la stessa espressione di quando hanno chiuso la drogheria.»

«È che... no, guarda, lasciamo perdere, te lo racconto in un altro momento.»

«Ma almeno dimmi di che cosa stiamo parlando...»

«Niente, ti ho detto che non importa.»

«Dai Piera, sembra che improvvisamente non ti fidi di me. Se c'è qualcosa che riguarda le nostre vendite, allora devi dirmelo.»

«E va bene» aveva risposto lei dopo un attimo di silenzio «si tratta di Marika, mi ha appena telefonato.»

«Ma non è in carcere?»

«Stamattina le hanno dato i domiciliari, per gli ultimi tre mesi e mezzo...»

«E lei ti ha chiamato.»

«Quasi subito, voleva sapere come stavo, ma soprattutto come andavano gli affari.»

«Te lo ha chiesto al telefono?»

«Sì, ma parlando di kiwi...»

«Di kiwi, e tu che cosa le hai risposto?»

«La verità. Che cosa potevo fare? Dirle che non capivo? Oppure inventarmi che stava andando tutto male? Sembra sempre che lei sappia tutto di noi. Mi fa paura...»

«Paura... dai, non esagerare, sicuramente può non farti piacere, ma addirittura paura, no. E poi pensa che non puoi farci niente, almeno per adesso. Noi continuiamo sulla nostra strada poi, fra qualche mese, vedremo il da farsi.»

«E se ci stesse usando? Se ci stesse facendo tenere vivo il mercato, per poi riprenderselo quando sarà di nuovo libera?»

«Se anche così fosse, a questo punto non possiamo che andare avanti. A proposito, alla fine, che cosa hai deciso? Vai in Olanda o a Zurigo, dall'amico del socio di Pio?»

«Cele, volevo parlarti anche di questo. Quaranta ore di pullman sono tante, troppe per la mia età, ha ragione Pio. E se invece andassimo insieme in Svizzera domani mattina? Possiamo prendere la macchina e fare tutto entro sera, così non perdiamo neanche il giro con i clienti.»

«In macchina, in Svizzera? E se ci fermano alla frontiera e ci perquisiscono, che cosa gli raccontiamo ai doganieri? È troppo rischioso, Piera.»

«Non ci fermeranno mai, credimi. Ricordati quello che sembriamo: due vecchietti che si sono fatti un giro per respirare aria buona e comprarsi del buon cioccolato, questo penseranno di noi, fidati. Pio mi ha detto di passare da un valico che si chiama Bizzarone: lì non ci sono praticamente controlli. E poi in treno è pericoloso: sempre Pio mi ha detto che alla frontiera di Domodossola salgono i finanzieri con i cani. Ci beccherebbero subito.»

«Facciamo che decidi tu, tanto è stato sempre così, e io vengo con te perché comunque non ti lascerei mai viaggiare da sola. Un conto è andare in Olanda da tuo figlio, un altro è incontrare chissà chi per acquistare della droga.»

«Vada per Zurigo, allora.»

«Quindi stasera "giro corto", perché alle undici dobbiamo essere a casa. Domani mattina partiamo per Zurigo alle sette. Ti sei fatta dare l'indirizzo?»

«Tranquillo, me lo ha appena mandato Pio con un sms.»

29

«Buonasera, scusate il ritardo, sono "Bestiolina". Allora avete la roba che non vedo l'ora di farmi una canna come si deve?»

Sotto un'acqua da diluvio universale, una ragazza completamente fradicia era salita sulla Ford Focus. Sembrava decisamente su di giri, nervosa, sicuramente non pareva abituata a quello che stava facendo. In quel mese di "incontri" Cele e la Piera ne avevano visti di tipi strani, gente che, seduta lì dietro, non diceva una parola, altri che invece non vedevano l'ora di raccontare la propria vita. E poi persone che salivano in auto praticamente mascherate, altre che, al contrario, poco ci mancava che li invitassero a casa propria per cena...

Ma una così non gli era ancora capitata.

Piera l'aveva osservata con attenzione, attraverso lo specchietto retrovisore. Carina, con un bel nasino e degli occhi neri e profondi, aveva due piercing al naso e tatuaggi praticamente ovunque. Sul collo, sugli avambracci, addirittura sul petto, dove dalla scollatura della maglietta bagnata che indossava, si intravvedeva, fissata sulla pelle, una specie di collana in stile elisabettiano. Ma la cosa che la caratterizzava maggiormente era la sua pettinatura, se così si poteva chiamarla. Se da una parte, infatti, pareva un taglio normale, con la classica frangia e i capelli lunghi sino sotto alla spalla, dall'altro era rasata a zero con una riga netta che fungeva da linea di demarcazione.

Sembravano due persone in una, aveva pensato Piera osservandola, a seconda del lato da cui la si guardava. Continuando a fissarla dallo specchietto retrovisore, senza mai girarsi come aveva deciso di fare con tutti i clienti, aveva tentato di avviare una minima conversazione.

«Meno male che, anche se piove così tanto, non fa freddo, eh...» le aveva detto, poco dopo.

«È che sono uscita di casa senza guardare fuori, non me l'aspettavo proprio tutta quest'acqua.»

«Quindi abiti qui vicino.»

«Lì di fronte» aveva continuato lei, con una voce che pareva quella di una adolescente, «ma poi a lei che cosa importa dove abito?»

«Nulla, era solo per curiosità» aveva replicato Piera, un po' sorpresa dalla sua risposta scocciata, «volevo solo essere gentile.»

«La ringrazio, ma non ho tempo da perdere, mi stanno aspettando di sopra, tutti con la stessa mia voglia di farsi due tiri di quelli giusti...»

Prendendo in mano le due palline che Bestiolina aveva ordinato per telefono, Piera stava per porgergliele, quando, improvvisamente, le gocce di pioggia che scivolavano sul vetro posteriore della Focus si erano illuminate di blu.

«Cazzo la polizia!» aveva esclamato la ragazza, appiattendosi immediatamente sino a schiacciarsi sul sedile per non farsi vedere.

Piera e Celestino erano invece rimasti immobili, come due statue di sale, senza realmente sapere che cosa fare, non avendo neppure la forza di guardarsi.

Dopo qualche secondo, in attesa che accadesse qualcosa, Celestino aveva deciso di accendere il motore, quando un secco *toc* sul vetro lo aveva bloccato con le chiavi tra le dita. Allora aveva abbassato il finestrino, trovandosi faccia a faccia con un vigile urbano.

«Buonasera signore, posso vedere i suoi documenti?»

Prima che Celestino potesse estrarre il portafoglio dalla tasca della giacca, era intervenuta Piera: «Che cosa succede, agente?».

«Signora, questa è una zona di Milano in cui il Comune ha deciso di vietare la sosta notturna, anche momentanea, dopo le tante proteste dei residenti per lo spaccio che avviene nel quartiere...»

«Mi scusi, non lo sapevamo» aveva risposto prontamente lei.

«Cosa ci fate da queste parti, a quest'ora? Abitate nei paraggi?»

«Non proprio, siamo della provincia di Lodi...»

«E perché allora siete fermi qui, sotto la pioggia, in una via come questa?»

Continuando a parlare con la Piera, il vigile non aveva mai guardato nella parte posteriore dell'auto, dove la ragazza si era quasi mimetizzata con la tappezzeria dei sedili, infilandosi più che poteva nello spazio tra quelli anteriori e il posteriore.

«Mio marito qualche minuto fa non si è sentito bene, allora abbiamo preferito fermarci un attimo.»

«Devo chiamare un'ambulanza?»

«Ma no, non occorre, si è già ripreso, guardi lei stesso» gli aveva ribattuto Piera con voce sicura, accarezzando la testa di Cele.

«Bene, signora, ma, come le ho detto, qui non potete restare, quindi o spostate subito la macchina o, se suo marito non se la sente, chiamiamo il 118...»

«Sono a posto, signor vigile» era intervenuto Celestino. «Ripartiamo subito, ci scusi tanto per l'inconveniente, ma non potevamo davvero sapere di questo regolamento di zona...»

«È per tutelare la gente che qui ci vive e i ragazzi della movida. La scorsa estate, questo posto pareva un campo di battaglia, ogni seraera comei essere in un film: da una parte del Naviglio migliaia di persone mezze ubriache, dall'altra spacciatori, scappati di casa, punkabbestia... Adesso le cose sono migliorate... Vi saluto signori.»

«Arrivederci a lei.» Celestino aveva tirato su il vetro, acceso la macchina, ripartendo senza aggiungere una parola. Piera invece, dopo qualche istante, si era girata per parlare con la loro passeggera: «Tu vivi qui, lo sapevi tutto questo?».

«Sì che vivo qui, ma non ne avevo idea, ve lo giuro» aveva risposto lei, rimettendosi a sedere, appoggiata allo schienale.

«Ma come è possibile, avrai sentito qualcosa, no?»

«Boh, sarà forse perché non ho la patente e di queste cose non me ne sono mai preoccupata...»

«Come non hai la patente? Ma quanti anni hai? Non sarai mica minorenne?»

Per una decina di secondi, da dietro, non era arrivata nessuna risposta, poi, scoppiando a piangere, la ragazza aveva ricominciato a parlare: «Ho sedici anni, quasi diciassette».

«Cosa? E che diavolo ci fai qui allora?» le aveva urlato in faccia Piera.

«Non mi avete mica chiesto l'età quando vi ho chiamato...»

«Perché uno non pensa che una minorenne chiami al telefono degli spacciatori! E il nostro numero tu dove l'hai preso?»

«Da una mia amica...»

«Una tua amica? E chi sarebbe?»

«La figlia di una che compra da voi, si fa chiamare Barbarella.»

«L'avvocato?»

«Sì, lei. Sua figlia è la mia migliore amica...»

«Non vorrai raccontarmi che sua madre le ha dato il mio cellulare!»

«No, glielo ha copiato di nascosto dal telefono. Una volta aveva sentito che vi chiamava.»

«Ma ti rendi conto? Chi sei veramente?»

«Giulia. Bestiolina è come mi chiama mio padre...»

«Allora, Giulia, capisci vero che ci hai fatto rischiare tantissimo? Pensa se quel vigile ti avesse vista e ti avesse chiesto i documenti...»

«Non glieli avrei dati.»

«In che senso?»

«Sono scesa senza...»

«Ma tu abiti qui veramente?»

«Sì, con i miei genitori.»

«E stasera cosa avevate in mente?»

«I miei sono via per un paio di giorni. Con la figlia di Barbarella e un'altra mia amica il programma era di vederci un film alla tele, sbronzarci e farci qualche canna. Non vedevamo l'ora...»

«Bella stupidaggine» aveva commentato Piera «e domani, in che stato sareste andate a scuola?»

«Boh, e chi se ne frega...»

Mentre Giulia rispondeva alle domande della Piera, Celestino nel frattempo aveva continuato a girare intorno all'isolato, non sapendo realmente dove andare.

«Piera, devi dirmi cosa vuoi fare, non possiamo continuare così» aveva detto lui a un certo punto, interrompendo il dialogo tra le due «altrimenti rischiamo di incontrare di nuovo la pattuglia di prima.»

«Mollatemi qui all'angolo» l'aveva interrotto la ragazza «me ne torno a casa a piedi.»

«Ma continua a piovere e siamo lontani...» le aveva risposto Piera.

«Non si preoccupi, a piedi tagliando ci metto cinque minuti. Poi, tanto, più bagnata di così è impossibile.»

Celestino aveva fermato la macchina accostando al marciapiede.

«Ma l'erba me la vendete lo stesso?»

«Tesoro, non mi sembra davvero il caso, cosa ne dici?»

«Ma tanto chi ci controlla?»

«Nessuno, ma direi che per stasera hai già fatto abbastanza rumore, non credi?»

«Okay, allora ci vediamo, e scusate per 'sto casino che vi ho creato» aveva detto lei prima di scendere dall'auto e sparire.

Piera e Celestino si erano guardati, poi, nonostante avessero ancora tre consegne da fare e cinque palline da vendere, avevano deciso che anche loro, per quella sera, ne avevano avute abbastanza di emozioni.

«Chiamiamo tutti e diciamo che abbiamo un inconveniente. Dobbiamo essere tranquilli e lucidi per domani» le aveva detto lui «non sappiamo cosa troveremo a Zurigo.»

«Sono d'accordo, anche se non sono sicura di poter dormire stanotte» gli aveva risposto lei, accendendosi una sigaretta.

«Hai ripreso a fumare? L'avevo già notato l'altra sera quando eri salita in macchina dell'avvocato.»

«Sono nervosa, Cele, una sigaretta ogni tanto mi aiuta a rilassarmi...»

«Ma ti fa anche male, Piera, lo sai. Ti ricordi lo spavento di qualche anno fa, con quelle macchie ai polmoni? Piuttosto fatti qualche tiro con la nostra, di roba.»

«Sai, ci pensavo l'altro giorno che non l'abbiamo mai provata... Vendiamo qualcosa di cui non conosciamo né il sapore né l'effetto, lo possiamo solo immaginare.»

«Io, in realtà, un paio di tiri li ho fatti...»

«Cele, dici davvero?»

«Be' sì, un paio di settimane fa, ero curioso. Tu eri andata al supermercato, mi sono messo sui gradini del cortile e...»

«E cosa?»

«Ho tossito per dieci minuti, non sono abituato.»

«Ma ti ha fatto effetto?»

«Forse, un po'. Per qualche minuto la cascina mi è sembrata cambiare forma...»

«E poi?»

«Mi è venuto un gran sonno, sono andato in camera e mi sono addormentato...»

«È stato quando ti ho svegliato, pensando che stessi male?»

«Esatto. Direi che non sono proprio la cavia perfetta...»

«No, proprio no. Ma tanto quelli che comprano l'erba ci chiedono se è buona, mica se l'abbiamo provata, no?»

30

Il viaggio a Zurigo era andato bene, tranne un piccolo inconveniente sull'indirizzo per il ritiro dei cuscini. Albertstrasse era diventata, per un errore di scrittura di Pio sull'sms, Alderstrasse, che si trovava da tutt'altra parte della città. Piera e Celestino ci avevano messo più di un'ora a capire l'errore, dopo che al numero 66 della via avevano trovato un magazzino di legnami, dove nessuno conosceva i due tizi che stavano cercando. Alla fine, grazie a un'intuizione della Piera sullo scambio di lettere e il Tom Tom in versione europea che avevano acquistato qualche giorno prima, erano arrivati nel posto giusto. Lì avevano ritirato la merce dalle mani di una ragazza che, aprendogli la porta di una specie di loft, aveva preso la busta con i soldi, per poi contarli davanti a loro. Alla richiesta dei nomi delle persone che Pio le aveva detto di contattare, la donna aveva fatto cenno di no con la testa, per poi ricominciare col conteggio. Terminata l'operazione, aveva consegnato alla Piera una borsa rossa, chiudendo poi rapidamente la porta alle loro spalle. Dopo di che Piera e Cele erano ritornati alla macchina, in silenzio, quasi non volessero commentare quella che a entrambi era sembrata una situazione davvero surreale. Mentre infatti la donna aveva controllato che i soldi pattuiti ci fossero tutti, sino all'ultima banconota, a loro non era stata data la possibilità di verificare che cosa realmente stessero ritirando. Presa poi l'autostrada per l'Italia, si erano fermati in autogrill, dove avevano comprato una montagna di cioccolato Lindt e di maionese Thomy.

«Giusto nel caso che ci fermino» aveva detto lei «almeno abbiamo qualcosa da mostrargli: il cioccolato per i nostri nipotini, la maionese per noi vecchietti, da usare con il pesce bollito...»

Celestino, al solito, non aveva replicato all'idea della Piera, aggiungendo solo, al momento di pagare alla cassa, due gratta e vinci svizzeri.

«Magari» aveva commentato mettendoseli nella tasca della giacca «visto che sta cambiando il vento, che sia anche la volta buona per vincere qualcosa!»

Il rientro in Italia, passando per il valico di Bizzarone, era andato bene, nel senso che, da quelle parti, esclusa qualche mucca al pascolo nei campi, non avevano visto né incontrato anima viva. Arrivati ad Alzano, avevano aperto il borsone che, sino a quel momento, un po' per paura e un po' per scaramanzia non avevano ancora toccato. All'interno, mischiata con dei pezzi di gommapiuma c'era la marijuana, confezionata nelle classiche buste di plastica per conservare il cibo nel freezer.

«In totale sono cinque chili, come ci avevano detto» aveva confermato Piera dopo aver pesato le buste sulla bilancia di precisione. «Certo che, pensandoci bene, siamo stati comunque dei cretini a non controllare subito se la roba ci fosse tutta. Quella, invece, i soldi li ha contati, eccome... Avrebbero potuto venderci la metà di quello che dovevano e ce ne saremmo accorti solo adesso. Meno male che sono stati onesti.»

Avevano allora iniziato a dividere la maria nelle solite

quantità e a impacchettarla con la pellicola trasparente. Arrivati a circa duecento confezioni da dieci grammi, si erano fermati.

«Sono le otto» aveva sentenziato Celestino «se non ci muoviamo subito, perdiamo il giro di stasera. Già per essere puntuali, abbiamo spostato tutti avanti di un'ora, adesso cerchiamo di rispettare gli orari.»

La Piera lo aveva guardato con aria tra l'ammirato e l'incuriosito. Dopo tanto tempo, rivedeva in lui una parte del ragazzo che l'aveva conquistata grazie anche al suo modo deciso di affrontare le cose. Con gli anni e le mille delusioni patite, Celestino era cambiato, finendo con il diventare passivo, un uomo che difficilmente prendeva in mano una situazione, semplice o complicata che fosse. Adesso, invece, sembrava che la nuova attività gli avesse risvegliato gli istinti di una volta.

«Dai, allora» gli aveva risposto lei «facciamoci un tramezzino al tonno e poi partiamo. Ho undici clienti che ci aspettano, tre li vediamo in corso Indipendenza, sono riuscita a farli venire tutti nello stesso posto per risparmiare tempo. Speriamo solo che non arrivino insieme, altrimenti dovrò inventarmi qualcosa...»

«Dovremo» le aveva ribattuto subito lui con voce decisa. «Direi che posso considerarmi il cinquanta per cento di questa azienda, che dici?»

Piera, prima di rispondergli, ci aveva pensato un attimo, poi, tornando con la mente al cambiamento del marito, gli aveva ribattuto sorridendo: «Be', direi. Comunque non ho mai pensato che nel progetto tu avessi solo il ruolo di... coltivatore. Ci siamo dentro in tutto, lo penso e lo sento, tranquillo».

«Anche perché, più che per i soldi» aveva risposto lui «io lo sto facendo per starti vicino e per dividere con te finalmente qualcosa di veramente nostro. È una sensazione bellissima, anche quando succedono cose come l'altra sera sui Navigli. Ho avuto paura, ma poi, tornando a casa, mi sono sentito come se, insieme, stessimo facendo qualcosa contro tutti quelli che ci hanno fregati, bastonati e umiliati.»

31

«Signora... sono Mad Max, l'architetto di Milano 2, si ricorda di me, vero? Scusi il disturbo a quest'ora, ma ho finito le scorte e sto andando in paranoia. Non è che mi organizza una consegna privata? La prego, altrimenti domani mattina come mi sveglio? Poi la Ketty, la mia fidanzata... se mi vede nervoso perché non ho fumato, so già come va a finire, che litighiamo per tutto il giorno!»

Erano abbondantemente passate le undici di sera quando il telefono delle prenotazioni aveva suonato mentre Celestino e Piera stavano già per imboccare la Milano-Genova per tornarsene verso casa. Si erano imposti di non andare mai oltre le undici di sera con le consegne. In primo luogo perché, in qualche modo, non volevano che la loro vita fosse interamente condizionata dalla nuova attività, ma soprattutto perché avevano deciso che la notte milanese non era fatta per loro: troppo pericolosa, troppo incasinata.

E quindi ogni sera Piera, terminata l'ultima consegna, staccava il cellulare, anche se le erano rimaste delle palline nella borsetta. Stavolta, però, non ci aveva pensato, lasciandolo acceso.

«Mad Max» gli aveva risposto lei, dopo aver valutato per un attimo la possibilità di riattaccare, «è un bel po' che non ti fai sentire, spero tutto bene.»

«Sì, certo, è che altri amici che mi dovevano un po' di

soldi hanno trovato dell'erba buonissima e mi hanno ripagato "in natura", non so se capisce...»

«Certo che capisco, caro, e, se mi posso permettere, se è davvero così buona, sai da dove arriva quella roba? Sono curiosa, sai, la concorrenza...»

«Be', sì certo, da qui, da Milano...»

«E sai anche da chi l'hanno comprata?»

Mentre stava conversando con Mad Max, la Piera aveva mostrato a Celestino l'uscita di Assago. Lui l'aveva presa all'ultimo con una manovra azzardata. Una volta fermi nel parcheggio del Forum, la Piera gli aveva allungato uno dei due auricolari del cellulare, in modo che anche lui potesse seguire la conversazione.

«Se mi ricordo bene, da una coppia di marocchini» aveva proseguito l'uomo «che da qualche settimana ha cominciato a coprire il mercato, soprattutto nella zona sud, quella dei Navigli...»

«E l'erba, dicevi, è molto buona...»

«Signora, a dire la verità sì, parecchio. Anche perché è coltivata al coperto, quindi è sempre perfetta, non rischi che ti vendano della roba che sembra tè ammuffito.»

«Scusa, ma con noi ti è mai capitato?»

«Insomma... un paio di volte era ottima, altre un po' meno.»

«Impossibile, la nostra erba arriva tutta dalla stessa fonte» gli aveva risposto la Piera con tono sbrigativo.

«Non si scocci. Mi ha chiesto una cosa e io le ho risposto.»

«Certo, ci mancherebbe, come si dice, il cliente ha sempre ragione! Allora dimmi, sei veramente rimasto senza roba, o i tuoi nuovi "amici" marocchini ti hanno bidonato?»

«Vuole la verità?»

«La voglio.»

«Ma poi non si arrabbia di nuovo?»

«No, vai.»

«Quando sono arrivato all'appuntamento, avevano finito la roba. Colpa mia, ero in ritardo.»

«Ah, e quindi vorresti che noi ti facessimo da ruota di scorta?»

«Be', non vi avrei definito in quel modo, ma più o meno è quello che vi chiedo...»

«Certo che hai un bel coraggio a disturbare due anziani a quest'ora della sera, chiedendoci di farti un favore di questo tipo...» aveva commentato lei, tra l'ironico e l'infastidito.

«Signora, non faccia così, mi aiuti e le prometto che tornerò nel gregge!»

Piera per qualche attimo rimase in silenzio, come se stesse riflettendo sul da farsi.

«Senti, facciamo così» aveva ripreso «noi adesso torniamo indietro e ti portiamo la roba, venti grammi al solito prezzo, anche se, vista la situazione, dovrei chiederti il doppio. Tu, però, ti impegni a dirci tutto quello che verrai a sapere della nuova coppia, compreso dove possiamo trovarli, una delle prossime sere.»

«Adesso mi vuole far fare la spia, manco fossimo a scuola e lei fosse la preside...»

«Ma che spia, ci dirai una cosa che tutti quelli del tuo giro sanno.»

«Ma se è così facile, perché non se li cerca da sola quei due?»

«Oh bello, sentimi bene: se ti va è così e ci vediamo, altrimenti, per quanto mi riguarda, in un attimo riprendiamo la nostra strada...»

«Okay, va bene, stia tranquilla. Nessun problema, dove ci incontriamo?»

«Facciamo in... zona sud, all'uscita della Milano-Genova, all'incrocio con viale Liguria, c'è un distributore di benzina. Appuntamento lì tra venti minuti.»

«Nessun problema, arrivo. Voi avete sempre la stessa macchina?»

«Non puoi sbagliarti.»

Dopo aver venduto le ultime due palline della serata a Mad Max, Celestino e Piera avevano ripreso la via di casa, dove erano arrivati in poco più di mezz'ora. Il loro ultimo, occasionale cliente della serata aveva raccontato di essere venuto in contatto con la nuova coppia di spacciatori nello stesso modo con il quale aveva conosciuto loro due. Il passaparola, tra il suo gruppo di amici, aveva creato un network di consumatori simile al loro.

Nonostante, con la presenza di qualcuno di nuovo sulla piazza, il loro volume di affari non fosse affatto calato, alla Piera quello che aveva detto Mad Max non era proprio andato giù. A partire dal discorso sulla qualità della roba, per finire col giro di clienti dei nuovi arrivati molto, troppo simile al loro. Era come se in giro ci fosse, se non proprio un'altra agendina con una lista ben definita, qualcosa di molto simile. Pensandoci bene, non era la prima volta che le capitava di sentire un discorso come quello che le aveva fatto l'architetto. Già qualche settimana prima, una cliente con il soprannome di "Grace", dopo avere mancato un appuntamento, le aveva quasi buttato giù il telefono, quando la Piera aveva tentato di capire come mai non si fosse presentata.

«Se non ti va bene che ogni tanto qualcuno ti lasci al palo» le aveva detto la tipa al telefono «sappi che non siete gli unici sulla piazza con lo stesso metodo di consegna e che la roba che gira adesso è anche meglio della vostra!»

In pratica le stesse parole di Mad Max, che la Piera al momento aveva considerato solamente come lo sfogo di un'isterica e che invece adesso le erano ritornate in mente con un'altra prospettiva.

«Cele, come siamo messi con gli armadi? E con quella nell'orto?» aveva chiesto al marito una volta rientrati in casa.

«Per quella fuori ci vorrà ancora un po', ma sta crescendo bene, invece in garage dovrebbe essere tutto pronto, i fiori ci sono e sono anche belli grandi. Domani mattina mi rileggo il capitolo del libro che insegna come raccogliere le infiorescenze e farle essiccare, poi ci dovremmo essere...»

«Ma li hai contati, quanti potrebbero essere?»

«Centinaia, anche se non ho idea di quanta roba possano poi produrre realmente.»

«E fuori?»

«Be' lì, anche grazie al fatto che in questi mesi non ha fatto freddo, sta venendo su una specie di piccola foresta. Non ho mai visto una pianta che cresce così veloce e con delle foglie così verdi. Ieri ho notato i primi boccioli, quindi non dovremmo essere troppo lontani. Ma ci pensi, Piera, se tutto va come ci siamo immaginati, saremo presto totalmente autosufficienti...»

«Sempre che qualcuno nel frattempo non ci freghi il mercato.»

«Ma chi? Intendi la coppia di cui ti ha raccontato il tizio di stasera? Ma non ti devi preoccupare, anche perché di clienti oramai ne abbiamo quanti... cinquecento?»

«Volendo anche di più, ma Cele, così come sono arrivati, fanno presto ad andarsene, credimi. E poi, in tutto questo, qualcosa non torna, me lo sento.»

«Me lo hai già detto tesoro, ma anche qui, come per tante altre cose che abbiamo vissuto e affrontato da quando ci siamo buttati in questa avventura, che cosa ci possiamo fare? Niente, a parte migliorare il nostro servizio, vendendo dell'erba ancora più buona, la migliore possibile. Per il resto, d'accordo che mi porto dietro una pistola giocattolo in tasca, ma non possiamo certo pensare di eliminare i nostri eventuali concorrenti.»

«Ma io ho come la sensazione che quello che sta venendo fuori sia legato a Marika e a quella strana telefonata che mi ha fatto qualche tempo fa. Tra l'altro, se non ho fatto male i conti, manca davvero poco a che le tolgano anche i domiciliari.»

«Ho capito Piera, ma tu, personalmente, puoi fare qualcosa riguardo a lei, alla sua pena, al suo giro di Lovato e alla sua famiglia di delinquenti? La risposta è no, quindi adesso andiamo a dormire che siamo stanchi, che poi domani mattina vediamo insieme se possiamo cominciare a seccare i fiori. Quella roba sarà buonissima.»

32

Con la produzione degli armadi e l'abilità di Celestino nel trattare i fiori una volta raccolti, il business degli Aiello stava raggiungendo livelli che superavano anche le loro previsioni più ottimistiche. E tutto senza interferenza di altri venditori concorrenti, che sembravano svaniti nel nulla. Il fatto di poter disporre di quanta merce volevano li aveva resi ancora più forti sul mercato, sempre più popolari tra la clientela di Milano. Qualsiasi richiesta arrivasse, loro la potevano soddisfare senza problemi, in pochissimo tempo. La qualità del prodotto, poi, faceva la differenza. Sulle grandi quantità, il costo poteva scendere sino a cinque euro al grammo.

Quando ogni sera, di ritorno a casa, si trovavano in soggiorno a contare l'incasso, spesso si mettevano a ridere, tanti erano i soldi che avevano di fronte. Nelle ultime settimane, poi, con l'arrivo della bella stagione, la media giornaliera era salita costantemente, toccando i 2500 euro, per arrivare sino ai 3-5000 il venerdì e il sabato, le due serate in cui la domanda era decisamente superiore.

Con la fioritura e la successiva raccolta delle piante dell'orto, la loro potenzialità produttiva era ormai praticamente raddoppiata. In pochi mesi, prima con la forza della disperazione, poi con l'intraprendenza unita alla cura maniacale di tutto quello che toccavano, Celestino e Piera erano diventati i sovrani assoluti dello spaccio "leggero" milanese. E tutto senza cambiare minimamente il loro stile di vita. Chiunque, al posto loro, qualche libertà, potendosela permettere, se la sarebbe concessa. Un frigorifero nuovo al posto di quello anni Ottanta che oramai non riusciva più nemmeno a fare il ghiaccio, la ristrutturazione del bagno che cadeva letteralmente a pezzi, tanto che, d'estate, Celestino preferiva farsi la doccia in cortile. No, niente di tutto questo. Neppure la Ford Focus con l'interno di velluto, oramai più giallognolo che grigio, era stata cambiata. Per oltre trent'anni la loro era stata una vita sottotraccia e, nonostante quello che stava accadendo ormai da qualche mese, volevano continuasse così. Il problema vero era piuttosto che cosa fare con quella montagna di denaro contante. Una parte veniva investito per far arrivare, da un paio di canali sicuri che Pio aveva trovato per loro, dei semi particolari che potessero aiutarli a migliorare ancora la qualità del prodotto. Un'altra parte era servita per acquistare altri tre armadi, da sistemare sempre in garage dove lo spazio non mancava davvero.

Ma, alla fine, quasi il 90 per cento dell'incasso rimaneva nelle loro mani. Al netto, ovviamente, di qualsiasi tassa. Il che voleva dire qualcosa come cinquantamila euro al mese in contanti. La Piera e Celestino, a riguardo, non avevano ovviamente potuto chiedere consiglio a nessuno, tranne che a Pio, passato da Alzano un paio di giorni per una questione burocratica. Con loro figlio si erano aperti completamente, raccontandogli tutto quello che era successo dai giorni dei cuscini di Amsterdam e di Zurigo. Lui, dopo aver sgranato gli occhi davanti al quaderno con le cifre che i suoi gli avevano mostrato, scherzando, ma forse poi nemmeno tanto, aveva suggerito di sotterrare le banconote nell'orto, dopo averle avvolte in sacchi di plastica, così come aveva visto in televisione.

«Fate come Pablo Escobar, no?» aveva detto ridendo.

I genitori erano rimasti muti, senza una risposta, non avendo minimamente idea di chi fosse questo Escobar.

«Il cantante?» aveva abbozzato Celestino poco dopo.

«Sì certo pa', il miglior amico di Enrique Iglesias. No, Escobar era un trafficante di droga colombiano. Non che vi voglia minimamente paragonare a lui, anche perché Pablo era un boss nel vero senso del termine, uno che ha ucciso non so quante persone, però, qualcosa in comune con lui ce l'avete: il problema dei contanti. Nel telefilm raccontavano che per anni, non sapendo più dove metterli, ha scavato buche un po' dappertutto, riempiendole di dollari. Alla fine i nascondigli sotto terra erano talmente tanti che nemmeno lui si ricordava più dove fossero...»

«Questo a me non capiterebbe mai» aveva commentato, a sorpresa, la Piera. «Sui miei quaderni scrivo qualsiasi cosa, sai Pio?»

«Pensa che, di ogni cliente, è in grado di dirti quanti grammi ha comprato, da quando ha iniziato a servirsi da noi...» aveva aggiunto Celestino.

«Ecco, mamma, magari con quei quaderni starei molto attenta, non li terrei troppo in giro!»

«Ma sono tutti in codice, solo io e papà sappiamo che cosa c'è scritto lì dentro...»

«Comunque non cambiamo discorso» aveva proseguito Pio. «Buche in giardino a parte, se volete, potete darmene un po' alla volta, per portarli in Olanda. Con la scusa del locale, possiamo far girare bene i contanti, magari non tutti, ma diecimila euro al mese possono benissimo entrare nella nostra contabilità... In più, nonostante il locale stia andando bene, uno dei soci vuole uscire dalla società: potreste subentrare voi, usando i soldi che mi date. Sarebbe un buon investimento, ve lo assicuro.»

Piera e Cele erano rimasti in silenzio per quasi un minuto, riflettendo entrambi sulla proposta di Pio.

«E per portarli ad Amsterdam, come faresti?»

«Mettendomeli in borsa e prendendo il solito pullman, semplicissimo...»

«Okay tesoro» aveva continuato Piera «mi hai convinto. Diecimila al mese potrebbero andar bene, intanto è un inizio, poi vedremo per gli altri.»

«Perfetto, se vuoi iniziamo anche da subito, domani torno in Olanda...»

«Allora ti preparo io la valigia, come facevo quando eri bambino e andavi dai nonni a Napoli.»

«Affare fatto, mamma. Una cosa però, sempre sui soldi, voglio dirvela. D'accordo non dare nell'occhio e non fare sciocchezze come comprarsi una Lamborghini, ma almeno una volta alla settimana andate a cena fuori. Magari non a Lodi o a Pavia, dove qualcuno vi può riconoscere, ma a Milano. E dai, fatevi una bella mangiata, nessuno vi dirà nulla, credimi.»

«Sì certo, proprio a Milano. Ma sai quante sono le possibilità di incontrare un nostro cliente?» aveva risposto il padre.

«E allora? Secondo voi, se ne trovaste uno seduto al tavolo di fianco al vostro, vi saluterebbe? Sinceramente non credo proprio...»

«Va bene Pio, va bene. Questo comunque è un discorso che non ti riguarda. Viviamo bene così, anche senza gli chef stellati. Adesso abbiamo i soldi per pagare le bollette, per fare la spesa, per comprarci le calze e le mutande nuove, ci basta, credimi.»

«La vita è vostra, fate come vi pare, ma, senza esagerare, godeteveli 'sti soldi.»

«Vedrai che troveremo il modo di farlo, tesoro» aveva concluso la madre. «È solo questione di tempo.»

33

«Cele, ma cosa fai ancora in piedi, sono le tre passate, non ti ho mai visto alzato a quest'ora...»

«Niente, cara, non preoccuparti, sto bene, è solo che mi sono messo in mente di leggere anche gli ultimi capitoli del libro di Pio, quelli che all'inizio mi erano sembrati meno importanti, e non ho ancora finito.»

«E che ci sarà di così fondamentale che non puoi rimandare a domani pomeriggio? Mi sembra che quello che dovevamo imparare da quella "sacra scrittura" lo abbiamo fatto, o sbaglio?»

«E invece no, tesoro, le ultime trenta pagine sono interessantissime, credimi, anche se un po' più complicate da capire.»

«E cioè?»

«Cioè, ti spiegano altre maniere per usare i fiori di maria, oltre a fumarteli. Per esempio, ho appena scoperto che si può fare l'olio di oliva alla marijuana. O ancora, che puoi mischiare i fiori sbriciolati con la farina. Dicono qui che vengono fuori delle torte eccellenti. Di questo Pio non ci aveva mica parlato. Figurati se al suo coffee shop non vendono prodotti come questi. Sono pronto a scommetterci...»

«E perché avrebbe dovuto dircelo? Noi mica abbiamo un bar tipo il suo... Cele» aveva commentato la Piera «e poi, scusami, ma la marijuana funziona anche se te la mangi?»

«Certo che sì, l'ho letto sempre qui nel libro. Anzi, dicono che se la ingerisci fa effetto molto più in fretta che se te la fumi...»

«Non ci avrei mai pensato, si vede che non siamo ancora del tutto del mestiere... Per questo, forse è meglio se rimaniamo con i piedi per terra, mi sembra già tanto quello che stiamo facendo, io mi concentrerei su tutti i nostri clienti e lascerei perdere altre fantasie strane...»

«Ma che fantasie, Piera, quello che ti sto dicendo è che possiamo fare anche meglio, offrendo cose diverse, più moderne, che ci possano far distinguere dagli altri, renderci anche più simpatici, se vogliamo...»

«Sì, moderne, proprio come noi, antichi come i datteri...»

«Come i datteri?»

«È un modo di dire, lo usavamo sempre in drogheria per segnalare che una cosa aveva fatto il suo tempo. Era per farti capire che mi sembra davvero qualcosa da lasciar perdere, perché non mi pare faccia per noi.»

«Perché, invece, vendere droga per strada era la nostra occupazione perfetta? Dai Piera, proprio tu, che ti sei buttata in questa faccenda, mi vieni a dire certe cose...» Celestino l'aveva guardata negli occhi, poi aveva proseguito. «Ma non capisci? Secondo te quella disgraziata della tua "amica" Marika e il suo bel gruppetto di Lovato hanno mai pensato a qualcosa di simile?»

«Be', no, anche perché credo che non gli interessasse proprio, e poi, ti prego, lascia stare Marika che è meglio. Quando penso alla sua ultima telefonata non riesco a dormire, come adesso. Tu sei sveglio perché vuoi leggere, secondo te io, invece, perché non dormo?»

«E dai, ancora che ti preoccupi per delle cose che non

puoi gestire. Ne abbiamo già parlato, se vogliamo continuare con il nostro business, Marika e la sua ombra ci saranno sempre, per forza, ma dobbiamo tenerle fuori dalla nostra vita più che possiamo. Se invece vogliamo liberarcene del tutto, be', allora basta smettere e cambiare esistenza e stai sicura che allora non ne sentirai più parlare, garantito.»

«Ma me la sono sognata anche stanotte, mentre cercava di gestire la nostra vita... Mi sono svegliata, non riesco più a riprendere sonno... È un incubo.»

«Mi dispiace, tesoro, ma magari proprio queste nuove idee potrebbero aiutare a distrarti un po'. Dai, senti qua: prova a immaginarti un olio da tavola che ti dia gli stessi effetti dello spinello, senza però l'odore di fumo. Lo comprerebbero anche quelli che non hanno mai aspirato del tabacco e non hanno intenzione di iniziare. Come dice l'apertura del capitolo, che spiega come produrlo, siamo davanti alla... "felicità ecologica".»

«E nel caso come si farebbe 'sto pastrocchio?» aveva a quel punto domandato Piera, quasi volesse dare un contentino a Celestino.

«Vedi che ti interessa? Allora senti: basta far scaldare sul fuoco dell'olio di oliva, possibilmente extravergine perché è più pregiato, poi una volta che è diventato bollente...»

«Lo rovesci sulla testa degli invasori...»

«Eh sì, certo, magari se sono di Lovato è anche meglio... Dai, non scherzare, guarda che non sto giocando, sono serio...»

Celestino sembrava posseduto. Finalmente qualcosa gli piaceva davvero e Piera era contenta di vederlo così.

«Stavo dicendo» aveva ripreso lui «sull'olio bollente ci spargi i fiori di marijuana appena essiccati. Le proporzioni le devi decidere al momento. Qui sul libro, dicono che per ogni litro d'olio dovresti usare circa dieci grammi di maria...»

«Quindi un litro d'olio ci costa settanta, ottanta euro...» aveva commentato la Piera.

«Se consideri il prezzo dell'erba al cliente, sì...»

«Okay, vai avanti...»

«A quel punto devi mescolare di continuo l'olio per circa mezz'ora, fino a quando i fiori ti sembrano diventati come dei filamenti. In pratica sino al punto in cui hanno buttato fuori tutto il Thc...»

«Celestino, di che cosa stai parlando? Mi sembra che sei andato troppo oltre, cosa fai, adesso parli per formule magiche?»

«Ma no, Piera, quali formule magiche. Intanto vorrei ricordarti che, anche se oramai più di quarant'anni fa, mi sono diplomato all'istituto agrario a Napoli. Il discorso che fa il libro non è poi così diverso da quello che ci facevano studiare a scuola. Ti faccio un esempio, così capisci...»

«Mi dica professore...»

«La vedi quella lì?» le aveva allora fatto lui, indicandole una bottiglia di amaro, appoggiata assieme a delle altre a fianco del divano. «Per distillarlo, devono tirar fuori i principi attivi delle erbe che lo compongono. Per arrivarci, il metodo, rispetto a quello dell'olio che ti stavo raccontando, è differente, ma il risultato è lo stesso. Se vuoi è la stessa cosa anche per le caramelle balsamiche, magari cambia il procedimento, ma non lo scopo. Tutte le piante» aveva poi proseguito «contengono un principio attivo che le caratterizza. Nel caso della maria, si chiama Thc, ed è quello che fa la differenza...»

Sulle ultime parole di Celestino, la Piera aveva sgranato gli occhi nonostante l'ora e la mancanza di sonno. Si era sentita soddisfatta, come già qualche giorno prima, che quello che le stava praticamente tenendo una lezione di chimica fosse un Celestino molto diverso da quello a cui era abituata, sempre pronto ad abbassare la testa, ad autocommiserarsi perché il mondo ce l'aveva con lui.

«E con questo Abc cosa succederebbe, alla fine?»

«Thc, Piera, Thc... Comunque, una volta finito di mescolare si deve lasciare raffreddare l'olio per poi filtrarlo con un colino di quelli con le maglie molto fini, perché non deve passare nemmeno un pezzettino del fiore. E poi... basta, finisce lì, lo si deve solo imbottigliare e vendere. Dai che ti ho convinta...»

«E quanto lo faresti pagare?»

«Questo me lo devi dire tu. Qui, nel libro, consigliano di fare delle bottigliette da cento millilitri che, dicono, sono più che sufficienti per far girare la serata a una tavolata di amici.»

«Allora, fammi pensare, con dieci grammi facciamo un litro, quindi ne va un grammo a confezione. Alla fine, sai che non mi sembra poi un'idea tanto folle, questa...»

Celestino non aveva commentato.

«Dunque, possiamo mettere ogni bottiglietta a trenta euro» aveva ripreso lei «quindi... trecento euro di ricavo ogni dieci grammi, mica male, anche se c'è da lavorarci un bel po'...»

«Ma nemmeno tanto, un'oretta al massimo per ogni litro. Se ne possono produrre due a pomeriggio, se l'idea prende sono seicento euro al giorno...»

«Esatto, era la cifra che avevo in mente.»

«Quindi?»

«Quindi mi hai convinto, domani vado a Pavia a comprare le bottigliette, so già dove trovarle, le vende un magazzino di cinesi che serviva anche la drogheria. E poi, Cele, sai cosa mi piace più di tutto questo?»

«Cosa Piera?»

«Che mi fa sentire un po' meno losca, meno spacciatrice. L'olio mi sembra una cosa più pura della canna. So che può sembrare sciocco, ma è così...»

34

Quella che stava per terminare era stata la giornata dei record. D'accordo che era il sabato del "Fuori salone del mobile", con mezza Milano che sembrava sentire il bisogno di aggiungere un po' di "felicità artificiale" alla sua routine, ma trentadue clienti in meno di tre ore erano davvero tanti. E Piera e Celestino ne avrebbero potuti fare anche di più, ma avevano finito le scorte, persino quelle di emergenza che tenevano nel bagagliaio, nascoste sotto il crick.

La serata si era aperta con uno che non avevano mai visto, arrivato grazie al più classico dei passaparola. Il tizio aveva accettato di incontrarli in uno dei punti di consegna che loro gli avevano indicato. Erano ormai pochissimi i casi in cui Piera e Celestino andavano da un cliente, a meno che quest'ultimo non fosse veramente speciale. Se all'inizio dovevano sempre correre da una parte all'altra della città per tutta la sera, da qualche tempo avevano stabilito loro orari e posti ben precisi, dove si poteva venire a ritirare e pagare la merce, in pratica una specie di "pick and pay" della marijuana. Si fermavano quarantacinque minuti in ciascuno dei vari angoli di Milano, studiati in maniera strategica per permettere un po' a tutti di venire serviti al meglio, angoli che poi venivano cambiati ogni settimana, per dare il meno possibile nell'occhio. Il primo cliente di quel sabato si era presentato al telefono come Bruce, dicendo che aveva bisogno di una pallina da venti grammi e di aver avuto il numero da amici comuni che si erano già serviti da loro. Senza fargli altre domande, la Piera gli aveva allora spiegato come avrebbe dovuto fare per ritirare la roba e quanto gli sarebbero costati i suoi venti grammi. Subito dopo, ringraziando, aveva messo giù.

All'appuntamento Bruce era arrivato con diversi minuti di ritardo, cosa che Piera, precisa di natura, aveva fatto notare al marito: «Quelli che fanno così non mi piacciono. Rischiano di mandarci a monte tutta la lista» gli aveva detto indicandogli la pagina del quaderno con i soprannomi di tutti quelli che sarebbero passati di lì a poco a ritirare.

Dopo aver bussato al finestrino lato passeggero, il nuovo cliente si era seduto dietro, come gli era stato spiegato al telefono.

Sulla trentina, non troppo alto, Bruce aveva i capelli corti, una barba ben curata e portava occhiali con la montatura spessa. Celestino aveva cominciato a sbirciarlo dallo specchietto retrovisore per farsi un'idea di chi fosse il tipo che, chissà per quale motivo, non li convinceva affatto.

«Fanno centoventi euro, come d'accordo...» aveva tagliato corto Piera, come se avesse letto nel pensiero del marito.

«Certo che centoventi non sono pochi» aveva replicato lui, dopo qualche attimo di silenzio.

«Prego?»

«No, dico, che la roba ve la fate pagare bene...»

«Il prezzo è quello giusto. Non saremo i più economici sulla piazza, ma sicuramente siamo i migliori.»

«Ma neanche un piccolo sconto mi potete fare?» aveva insistito l'uomo con voce lamentosa.

Clienti con la voglia di trattare Piera e Celestino ne avevano incontrati tanti, ognuno con un motivo differente per cercare di far scendere un po' il prezzo, tutti però avevano in comune l'età decisamente bassa. Bruce, invece, di anni ne aveva un bel po' in più e, tra l'altro, per come era vestito, non sembrava affatto uno con problemi economici.

«Direi» aveva cercato di chiudere Piera «che stiamo andando fuori dal seminato. Il prezzo che le ho detto al telefono è quello, e rimane tale. Quindi se non vuole la sua pallina, può anche scendere, subito.»

L'uomo non aveva risposto immediatamente, come se stesse decidendo il da farsi. Poi, dopo qualche secondo, aveva cominciato a sbottare: «E chi me lo assicura che la vostra maria sia di quelle veramente pure? Non avete letto sul giornale che, dopo aver analizzato un sacco di campioni di roba che circola in Italia, hanno trovato che oltre il novanta per cento risulta contraffatta...».

«Ti posso solo dire che la garanzia che sia buona davvero arriva dal fatto che la produciamo noi. Hai presente quando ti dicono, per la verdura o per la frutta, "dal produttore al consumatore"? Ecco noi facciamo lo stesso, solo con un altro tipo di pianta. Ma poi» aveva tagliato corto «che cosa sto a raccontarti tutte 'ste cose, se la vuoi paga, altrimenti, come ti ho già detto, arrivederci e grazie.»

«Madonna mia, non si incazzi signora» le aveva risposto lui con i soldi già tra le dita «ho solo espresso un dubbio, non credevo che la facesse arrabbiare in questo modo. L'altra sera, a casa di amici, mi hanno dato da fumare della roba che sapeva di rosmarino e che faceva davvero vomitare. L'avevano comprata poco prima, da un marocchino all'Isola. Cercavo di capire se anch'io stavo per prendermi una fregatura...»

«Ma secondo te due come noi possono vendere della porcheria? Se freghiamo qualcuno e la voce gira, noi siamo finiti. A differenza degli africani, noi siamo sempre rintracciabili dai nostri clienti. Quindi, se vuoi, questa è la maria, fanno centoventi...»

«Va bene, va bene, ho capito» aveva risposto il tipo «ma non mi fido lo stesso e poi se voglio farmi trattare di merda da due vecchi, basta che vada a casa dai miei! Quindi si fottano lei e la mummia che l'accompagna» aveva concluso, strappandole la roba dalle mani e buttandosi letteralmente fuori dalla macchina. Piera e Celestino non avevano nemmeno avuto il tempo di rendersi conto dell'accaduto, che il tizio era già sparito tra le auto parcheggiate. Per la prima volta, dopo tanti mesi, erano stati fregati: Bruce si era portato via la merce senza pagare. Non che il danno che avevano subito fosse pesante: venti grammi, in fondo, che cos'erano? Ma il solo fatto che qualcuno li avesse potuti derubare li aveva messi in agitazione.

«Quante volte ti ho detto» aveva subito attaccato Celestino «che dobbiamo stare più all'erta? E se, invece di fotterci una pallina, uno sale a fine serata e ci rapina di tutti i soldi, che cavolo facciamo Piera?»

«Sono sempre stata attenta, Cele, solo che lui aveva i soldi in mano ed è stato veloce a prendersela. Comunque, dai, è andata così, chissenefrega. Abbiamo perso un pezzo dei trenta che andremo a vendere: non è successo nulla...»

«Sì, ma sento che siamo troppo esposti. Una pistola finta non ci salverebbe in caso qualcuno volesse farci del male.»

Mentre continuavano a discutere su ciò che era appena accaduto, la loro conversazione era stata interrotta dal cliente successivo, al quale erano poi seguiti tutti gli altri. Dopo l'ultimo – una ragazza che, puntuale, come ogni sabato, si era rifornita per la settimana – si erano spostati in zona colonne di San Lorenzo. Lì, come al solito, la clientela era decisamente più giovane.

Il primo ad arrivare era stato un ragazzo che la Piera aveva chiamato quasi subito, poco dopo essere tornata dal suo primo viaggio ad Amsterdam. In tutti questi mesi l'avevano visto solo un paio di volte, non di più. Aveva un'aria schiva, quasi si vergognasse di quello che stava facendo. Già in un caso la Piera aveva avuto la tentazione di chiedergli qualcosa, per capire il suo atteggiamento, poi aveva lasciato perdere seguendo le regole che si era imposta sin dalle prime uscite.

«Mai guardare in faccia il cliente, mai fare domande, a meno che lui non inizi la conversazione...»

Salendo in macchina, al solito, aveva tenuto la testa, già coperta da un cappuccio, abbassata. Piera aveva ritirato gli 80 euro per i dieci grammi che aveva richiesto per poi dargli la merce. Nel momento di prenderla, però, il ragazzo le aveva mostrato un cellulare, che teneva tra le mani.

«Questo credo che sia vostro.»

«Direi di no. Sicuro non sia tuo?»

«No, signora.»

Entrambi erano rimasti in silenzio per qualche attimo, poi Piera gli aveva detto: «Be', allora, se è così, dammelo, cercheremo di restituirlo al legittimo proprietario».

Il ragazzo l'aveva appoggiato sul bracciolo, dopo di che era uscito dall'auto.

«E adesso cosa ne facciamo di questo?» aveva detto lei guardando il telefonino che era acceso, ma bloccato da un codice. «Non possiamo nemmeno telefonare a qualche numero in memoria per capire di chi sia...»

«No» le aveva risposto Celestino, prendendolo tra le mani, «dobbiamo aspettare che qualcuno chiami, così capiremo.»

Cele, interrompendo la conversazione, le aveva fatto notare che, accanto all'auto, c'era già qualcuno pronto a entrare.

«Dai che sennò gli facciamo fare la fila, a questi...» le aveva detto, infilando il cellulare trovato nella tasca della sua portiera.

35

«Pronto Pio, sono la mamma, scusami se ti ho svegliato anche questa volta, ma ho ancora bisogno di te...»

«Mamma, che cosa c'è? Siamo appena andati a letto, abbiamo chiuso l'Alzano alle cinque.»

«Perdonami, ma non ho dormito tutta la notte.»

«Addirittura, ma che cosa è successo? Non dirmi che vi hanno beccato, ti prego. In un momento dove le cose stanno andando bene per tutti, non ci vorrebbe proprio!»

«No, no, tranquillo, piccolo, non è successo nulla del genere. Non ho chiuso occhio perché ho paura che qualcuno ci stia sorvegliando, osservando, tenendo sotto controllo, capisci quello che ti sto dicendo?»

«Mamma, dai, calmati. Ne sei sicura o è solo una sensazione?»

«No, me lo sento e basta, non ho nessuna prova che stia accadendo per davvero.»

«E per questo motivo, per questa sensazione, non hai dormito stanotte?»

«No, non per questo, almeno non solo. C'è dell'altro...»

«Dimmi.»

«In macchina, ieri sera, abbiamo trovato un telefono sul sedile posteriore.»

«E quindi? Lo avrà perso qualcuno, che problema c'è? Quanti clienti avete fatto?»

«Tanti, ma praticamente li conoscevamo già tutti. Per questo, per cercare di capire di chi fosse, una volta arrivata a casa ho provato a chiamare tutti i numeri di quelli che avevamo servito e, tra loro, non c'era il proprietario del telefono. L'unico numero che non avevo era quello del primo che è salito in macchina ieri sera, quello che poi ci ha anche fregato...»

«In che senso, mamma "vi ha fregato"?»

«Il primo cliente all'inizio si è lamentato del prezzo, poi ha cominciato a dire che la nostra marijuana era falsa come quasi tutta quella che si trova in giro e, alla fine, mi ha strappato la busta ed è scappato senza pagarci...»

«Mamma, è per questo che non hai dormito, non per la storia del telefono, dammi ascolto...»

«Non lo so... magari per le due cose insieme, perché sono sicura che il cellulare che abbiamo trovato è di quel tizio.»

«Potrebbe, probabilmente lo avrà perso uscendo di corsa dalla macchina...»

«E se invece lo avesse lasciato lì apposta per spiarci? Con le tecnologie di oggi puoi sentire anche a telefono chiuso.»

«Sì, mamma, le spie russe che stanno hackerando i siti americani, quelli lo fanno, non certo chi vuole controllare la famiglia Aiello. Dai, stai tranquilla e cerca di dormire un po', è ancora presto, qualche ora di sonno te la puoi ancora fare. Piuttosto, papà come sta?»

«Direi bene, si è alzato come sempre prima delle sette ed è già giù nell'orto che lavora sulle piante. Sai che quelle coltivate all'aperto hanno fiorito la settimana scorsa? Abbiamo raccolto tantissimi fiori e pistilli, papà dice che verranno fuori parecchi chili di roba. E ora aspettiamo il ciclo di quelle piantate il mese dopo.»

«Scusa mamma, non ve l'ho mai chiesto: ma quante ne stanno crescendo lì fuori?»

«Boh, tesoro, non lo so, dovresti chiedere a tuo padre. Forse due o trecento...»

«Quanteeee?» aveva urlato Pio al telefono.

«Ti ho detto che non lo so, comunque più o meno la cifra mi sembra quella.»

«Mamma, spero che tu ti renda conto di quello che state facendo, vero? Già lo spaccio in Italia è un reato, ma coltivare centinaia di piante di canapa... Se per caso vi prendessero, butterebbero via la chiave! Va bene che Opera la conosci come fosse casa tua, ma questo non significa che ci devi andare ad abitare.»

«E come farebbero a beccarci? Le piante sono tutte all'interno del cortile, dietro ai trattori. Dall'ingresso della cascina è impossibile vederle, e poi sono anni che nessuno, a parte voi, mette piede in casa, soprattutto in cortile.»

Pio si era preso ancora qualche attimo, poi le aveva risposto: «Sai cos'è Google mamma? O ancora meglio, hai mai sentito parlare dei droni?».

«Sì, un po' Pio, ma non ho capito bene...»

«Ecco, allora ascoltami che te lo spiego io, tanto oramai sono bello sveglio. Con Google chiunque è oramai in grado, dal satellite, di vedere anche dentro un tombino, in mezzo alla strada. Figurati che ho letto che il governo italiano ha trovato decine di migliaia di abusi edilizi osservandoli dall'alto, recuperando così un sacco di tasse. Quindi, se qualcuno sospettasse qualcosa, quanto ci metterebbero a inquadrare la vostra piantagione? E poi ci sono i droni. Chiunque oramai può farli volare, anche un bambino. Con la videocamera filmano tutto. Mamma, appena puoi fammi chiamare da papà, che gli spiego che state esagerando. Allora molto meglio gli armadi, almeno stanno al chiuso e nessuno può vederli.»

«Quindi vedi che c'era un motivo per non dormire, Pio? Adesso sono più preoccupata di prima.»

«Sì, ma tutto questo, fino a qualche minuto fa, non ti passava neppure per la mente.»

«Vero, ma le sensazioni... quelle c'erano e le sentivo.»

«Va bene, mamma, ho capito, facciamo che adesso mi lasci andare e più tardi chiamo io papà. Cerca di dormire...»

«Eh certo, adesso con l'ansia che mi hai messo addosso starò sveglia per una settimana. Forse, davvero, 'sta vita non fa per me.»

«Preferivi la precedente, mamma?»

«Magari senza il tuo "regalo" potevamo cavarcela lo stesso, senza diventare quello che siamo adesso.»

«Ne ero sicuro, sei ritornata sull'argomento. Per assurdo, me lo stai rinfacciando più adesso, che i soldi non sono più un problema, di quando è successo. Allora non ti eri neanche arrabbiata più di tanto.»

«Cosa volevi che facessi, Pio? Che andassi dai carabinieri a denunciarti? Ormai l'avevi fatto, ero disperata...»

«Ho capito, però non tirare fuori 'sta storia ogni volta che un nostro discorso prende una piega diversa dal normale, ti prego.»

«Va bene, la prossima volta ci proverò. Comunque adesso sono io che ti dico di tornare a dormire, almeno tu che ci riesci. Dai, ci sentiamo più tardi...»

36

Quella mattina, Piera non si era svegliata come al solito prima delle otto. Non aveva sentito il marito alzarsi e aveva tirato dritto ancora per due ore. Alla fine era stato il suono del campanello del portone a buttarla giù dal letto.

In vestaglia e con le ciabatte ai piedi era scesa al piano terra, aveva aperto la porta della cucina e attraversato il vialetto che la separava dal portone. Aprendolo, si era trovata di fronte Marika. Era talmente sorpresa della sua presenza che, per qualche secondo, aveva fatto quasi fatica a riconoscerla. Al suo fianco un tizio che, per come si atteggiava, poteva benissimo essere la sua guardia del corpo o qualcosa del genere.

«Ciao nonna, come stai?» l'aveva salutata la ragazza non appena se l'era trovata di fronte. «Sorpresa di vedermi? A giudicare dalla tua faccia, direi che un pochino lo sei, o sbaglio?»

«No, no, è che mi sono appena svegliata e non mi aspettavo visite a quest'ora.»

Decisamente più in carne rispetto al periodo del carcere, con i capelli più corti e un paio di piercing alle orecchie che in prigione non poteva evidentemente portare, Marika le si era piazzata davanti, quasi la volesse sfidare.

«Alle dieci eri ancora a letto? Ma dai, a quest'ora dovresti essere già in piedi ad aiutare Celestino. Con tutto quello che il tuo maritino deve fare per star dietro alla vostra azienda, ha sicuramente bisogno di te.»

La guardava fissa negli occhi mentre le parlava, con la Piera che era rimasta bloccata, non riuscendo a trovare, per qualche attimo, le parole giuste per risponderle. Ancora una volta Marika le stava facendo capire di conoscere molto della sua vita.

«È un caso, di solito alle otto sono già in piedi anch'io» le aveva poi detto quasi volesse giustificarsi.

«Ne sono felice» le aveva risposto Marika, ridendole praticamente in faccia, «ma dicevo così, tanto per rompere il ghiaccio, per me puoi anche dormire in eterno che non mi cambia certo la vita.»

Facendo un passo indietro, quasi a volersi proteggere da quelle velate minacce, Piera si era mossa come per richiudere il cancello.

«Cosa stai facendo? Ti vuoi già liberare di me? Ma perché, invece di farci rimanere qui in piedi, non ci fai entrare? Sarebbe più carino nei confronti di una vecchia amica, non ti pare? Ah dimenticavo, lui è Aldo, mio fratello» aveva continuato, abbracciando il tizio che le stava vicino.

«Ma certo, scusa, non volevo sembrare maleducata. Venite allora, andiamo dentro che vi faccio un caffè. Piacere di conoscerti Aldo» aveva detto all'uomo, tendendogli la mano e cercando in qualche modo di essere gentile.

Lui però non aveva contraccambiato seguendo Marika mentre entrava in casa senza dire una parola.

Una volta dentro, Piera li aveva fatti sedere attorno al tavolo della cucina, mettendo sul fuoco la moka.

«Oh, con tutti i soldi che vi siete fatti, nemmeno una macchina del caffè ti sei comprata. Ma esci da 'sto cazzo di guscio, dai...» aveva ironizzato Marika.

Piera aveva fatto finta di non sentire.

«Se mi scusate un attimo intanto che sale il caffè» aveva detto quasi per cambiare discorso «vado a chiamare Celestino, così finalmente te lo presento, Marika.»

«Ottimo così incontrerò il "cuoco"...»

«In che senso? Cele cucina malissimo!»

«Come si diceva una volta, buona ma lenta: questo sei, vecchia. Le qualità di tuo marito in cucina non è che mi importino più di tanto. Noi chiamiamo "cuoco" quelli che preparano la roba, che la mettono insieme per la vendita.»

Pochi istanti dopo, Cele era entrato nella stanza, presentandosi ai due, con Aldo che, oltre a non alzarsi e non dire nulla, lo aveva praticamente ignorato anche con lo sguardo, come aveva già fatto poco prima con Piera.

«Allora» aveva riattaccato Marika «mi hanno detto grandi cose di te, Celestino...»

Marito e moglie, a quella frase, si erano guardati negli occhi, come per tranquillizzarsi a vicenda, ma non c'erano riusciti.

«In che senso, mi scusi?» aveva risposto lui.

«Cosa fai, mi dai del lei? Guarda che, vista la differenza di età, dovrebbe essere semmai il contrario. Intendevo che sono informata di quello che riesci a fare con la marijuana che coltivate lì dietro, tra il cortile e l'orto... anche l'olio fate adesso. Geniale. Dicono che sei un fenomeno, un pollice verde davvero unico!»

Celestino e Piera si erano cercati di nuovo con lo sguardo.

«Scusa Marika» aveva detto la donna «ma ti posso chiedere come fai a sapere queste e tante altre cose su di noi?»

«Questa ci prende per coglioni Ma'!» aveva esclamato a quel punto Aldo, sbattendo quasi la tazzina del caffè sul tavolo. «Nonna, ma ti sembriamo idioti? Non so se hai compreso bene con chi ti sei messa a giocare...»

Marika lo aveva fermato quasi subito, mettendogli una mano sul braccio, per poi proseguire lei stessa il discorso: «Pensavo che avessi capito che io di te so tutto, Piera, ma proprio tutto. Secondo te, è più difficile conoscere quanto ha incassato la settimana scorsa il locale di tuo figlio ad Amsterdam o sapere che nell'orto siete oramai oltre le trecento piante a ciclo? Ti rispondo io, così facciamo prima: è la stessa cosa, perché a noi, i nostri, ci dicono tutto quello che vogliamo sapere. Ma se non ti basta, ti posso anche raccontare che, con tutto quello che state vendendo, le piante che fate crescere all'esterno, anche se tante, non vi bastano lo stesso, quindi potrei giocarmi la mia libertà condizionata che voi, qui in casa, da qualche parte avete anche degli armadi. Dai, dimmi che non è vero, nonna...»

Piera aveva deglutito un paio di volte, per poi accennare una risposta: «Be', in effetti... ma comunque stai esagerando con le stime, credimi».

«Esagerando? Allora ha ragione Aldo, mi prendi davvero per il culo. Mi dici, a meno che tu non abbia trovato qualche grossista che nessuno conosce, dove hai preso tutta la roba che hai venduto ai centoventi clienti che vi siete fatti questa settimana? Se non ho sbagliato i calcoli, sono quasi due chili di erba. Dal giardino, come lo chiami tu, non possono arrivare tutti...»

Né Piera né Celestino avevano risposto. Non solo Marika sapeva della marijuana nel cortile, ma addirittura conosceva esattamente quanti clienti avevano comprato da loro negli ultimi giorni.

«Se ti fa piacere Piera, continuo, così ti fai un'idea chiara su come stanno le cose. Allora, sabato scorso avete fatto il record della vostra vita con più di trenta consegne. E questa è la mappa dei vostri movimenti in città» aveva detto tirando fuori dalla borsa un foglio.

Celestino aveva preso il pezzo di carta, passandolo subito alla Piera. Sopra c'era il tracciato esatto di dove era stata la loro Focus, nelle tre ore che i due avevano trascorso a Milano.

«Ma come avete fatto? Ci avete seguiti?»

«Forse una volta lo avremmo fatto. Adesso è bastato il trucchetto del telefono perso, usando il "trova il mio iPhone" da un altro cellulare, per conoscere ogni vostra più piccola mossa. Posso andare avanti o ti basta, nonna?»

«Fermati pure Marika» le aveva risposto Piera, prendendo finalmente un po' di coraggio, «anche perché non so veramente dove tu voglia arrivare. Ci hai fatto controllare, di me sai quasi tutto, ma adesso dimmi che cosa vuoi davvero da noi? Anche perché non mi piace niente di questa conversazione, a partire dal tuo tono di voce.»

«Non dirmi che non hai capito... No, non credo, per quel poco che ti conosco ci sei già arrivata. Ti prego, dimmi di sì, non mi deludere, altrimenti mi fai sentire una deficiente per aver scelto te come zattera per tener vivo il mio business.»

«Okay, credo di aver compreso. Mi hai usata, ci sono cascata e adesso vorresti qualcosa...»

«Intanto venire usata come ho fatto io con te non deve essere poi così brutto, visto che adesso non sei più una mezza disgraziata piena di debiti, ma una ricca signora.»

«D'accordo, mi hai salvato, ma ora dimmi perché sei qui.»

«Semplice, perché da domani voi due lavorerete per me, cioè per noi. Tranquilla, non dovrete far nulla di diverso da quello che avete fatto negli ultimi mesi. Continuerete con il vostro giro, a cercare nuovi clienti, a produrre più marijuana che potete. Se poi il business diventerà ancora più grosso, ci penseremo noi a darvi la roba che mancherà. Magari non sarà così buona come quella fatta in casa, ma Celestino potrà mischiarla con la vostra ottenendo lo stesso un ottimo risultato.»

Piera aveva ascoltato con attenzione, cercando di farsi un quadro il più possibile realistico di ciò che stava succedendo. Intanto, per prima cosa, doveva capire perché Marika parlava al plurale.

«Scusami, ma quando dici noi, intendi tu e tuo fratello, o lo dici tanto per farmi capire che sei tornata importante?»

«Adesso è inutile che ti spieghi come funziona il tutto. Quando sarete dei nostri capirete tutto quello che dovrete sapere, per lavorare bene, in maniera ordinata...»

«Ma tu non mi avevi detto che volevi smettere, che non ne potevi più di quella vita, che avresti dedicato tutto il tuo tempo a crescere tuo figlio?»

«Eh, quelle erano belle idee ma, come gran parte delle idee, difficili da mettere in pratica. Appena sono uscita da Opera, mi sono resa conto che non era così semplice andarsene dal giro.»

«Che delusione...»

«Delusione? E per chi? Per te? E vabbe', vedrò di farmene una ragione. Intanto ho deciso che lavorerete per me...»

«Mi fa piacere, peccato che tu non ce lo abbia mai domandato.»

«Non ce n'era bisogno. Io, così come ti ho creato, se voglio ti distruggo, nonnina mia. Basta un attimo» aveva proseguito schioccando pollice e medio della mano destra.

«Ne sei proprio sicura?» era intervenuto Celestino, facendo appello a un po' di quella personalità che gli era venuta fuori negli ultimi tempi. «Il mercato che avevi in mano tu adesso non esiste quasi più, puoi pensare quello che vuoi ma è così. I clienti della tua agendina si sono moltiplicati e ora hanno solo noi come riferimento.»

«Appunto, vecchio, è esattamente quello che vi stavo dicendo...»

«Non capisco.»

«Che so benissimo che voi, in questi mesi, avete fatto un lavoro stupendo. Spacciate meglio di me e in più producete anche. Queste due cose, insieme, mi fanno letteralmente uscire di testa. Quindi ho deciso che vi assumo. Vanno bene quindicimila al mese?»

«Prego?»

«Oh, volevo dire a testa, mica siamo dei barboni.»

«No, non intendevo discutere sulla cifra, ma sul fatto che ci assumete» aveva proseguito Piera.

«Succede sempre, nel mondo degli affari. I più grandi si comprano i più piccoli, che poi rimangono in... azienda a gestire il business.»

«Sì, ma qui è diverso: noi non siamo un'azienda e soprattutto non siamo in vendita. Giusto, Cele?»

«Esatto, Piera.»

«Be', allora ci riprendiamo tutto lo stesso e arrivederci» aveva detto Aldo, irrompendo nella conversazione senza neppure alzare gli occhi dal pavimento. «Volete rimetterci anche quello che avete guadagnato sino a oggi?»

Piera e Celestino erano sbiancati in volto.

«Sì perché» aveva continuato lui «secondo voi non sappiamo quanti soldi sono e dove li state nascondendo? I viaggi in Olanda della signora, le buche dietro le piante del nostro signor Pollice Verde, i controsoffitti in solaio. Fate attenzione a non tirare troppo la corda...»

«E se ci rifiutassimo?»

«Game over, finito tutto» aveva risposto Aldo.

«In che senso?» aveva chiesto Piera, con quella poca voce che le era uscita dalla gola.

«Dai» la parola era ritornata a Marika «adesso forse stiamo esagerando. Facciamo così, stasera fatevi il vostro solito giro e nel frattempo pensateci sopra. Mi rifarò sentire io fra qualche giorno e vedrai che sistemeremo le cose...»

Piera non aveva risposto, stessa cosa per Celestino. Intanto i due ospiti, alzandosi, si erano aperti da soli la porta che dava sul vialetto.

«Non ti scomodare, sappiamo la strada e grazie per il caffè» aveva detto Marika incamminandosi verso l'uscita. «Ho come la sensazione che ci rivedremo presto.»

37

«Chiamate i pompieri che lì brucia tutto!» aveva urlato una donna sul bordo della strada che univa le altre cascine a quella degli Aiello. «Saranno dieci minuti che si vede del fumo nero, e continua ad aumentare!»

Poco più in là alcuni curiosi, arrivati a piedi dalla vicina strada provinciale, avevano cominciato a riprendere con i cellulari tutto quello che stava succedendo non lontano dai loro occhi.

La luce del giorno impediva di vedere le fiamme, ma il fumo, con il vento che stava anche girando, aveva cominciato a invadere tutta la zona circostante.

«È la casa della Piera» aveva continuato la donna, parlando a voce alta con altre tre persone, anche loro abitanti della zona. «Mio Dio, che disastro...»

«Ma nessuno ha cercato di capire se c'è qualcuno dentro?» aveva domandato uno dei tre.

«Mio marito ha provato a suonare, ma non ha risposto nessuno» era intervenuta un'altra donna.

«Magari non c'è luce e il campanello non funziona...»

«E cosa avrebbe dovuto fare, sfondare il portone? È di legno pesante, mica è facile. Comunque ecco i pompieri, sono arrivati...»

Qualche istante dopo i vigili del fuoco avevano scavalcato con le scale il muro di cinta. Una volta dentro si erano subito accorti che a bruciare non era la casa, ma una specie di enorme falò, in fondo al cortile. Avvicinandosi avevano sentito meglio anche l'odore che aveva invaso tutta la zona circostante. Sembrava un po' quello acre della plastica che va a fuoco, ma c'era qualcosa d'altro che lo rendeva differente.

Contemporaneamente ai pompieri erano arrivati anche i carabinieri della stazione di Lodi. Dopo aver bussato per qualche minuto alla porta dell'abitazione, avevano deciso di buttarla giù, pensando che all'interno ci potesse essere qualcuno in pericolo. Una volta entrati, però, non avevano trovato nessuno. In casa era tutto in ordine, come se i suoi proprietari fossero usciti da poco. In cucina c'erano delle tazzine da caffè sul lavandino, due giornali piegati sul tavolo, e un paio di ciabatte lasciate in un angolo. Salendo al primo piano, i carabinieri avevano trovato la camera da letto in ordine, così come il bagno adiacente. L'unica cosa che aveva attratto la loro attenzione era un grosso buco nel muro, poco lontano dall'unico armadio che c'era della stanza. Era come se qualcuno, con un martello, l'avesse spaccato per prendere qualcosa che il muro stesso nascondeva.

Dopo aver scattato due foto e controllato anche il resto della casa, i due carabinieri erano scesi al piano terra per andare in cortile, dove i pompieri avevano appena finito di spegnere le fiamme. Svanito anche l'ultimo fumo che era rimasto, adesso si poteva vedere quel poco che era stato risparmiato dal fuoco. In mezzo alla cenere c'erano gli scheletri di quattro armadi, simili a quelli che vengono venduti nei negozi di casalinghi per essere utilizzati all'esterno. La struttura in metallo era ancora ben visibile, anche se il fuoco si era mangiato tutto il resto fatto di plastica. In mezzo ai pezzi anneriti, un mucchietto di cocci e una bottiglietta di vetro ancora integra. Uno dei due militari l'aveva sollevata inserendo un bastone nel collo. Con uno straccetto aveva ripulito l'etichetta annerita dalla fuliggine. «Olietto perfetto... che roba è?» si era chiesto, mostrandola all'altro che non gli aveva risposto.

«E questi, invece, che cosa sono?» aveva chiesto un pompiere a uno degli agenti.

«A giudicare da quel che rimane» aveva ribattuto l'altro «sembrano armadietti da palestra, quelli in cui si lascia la roba prima di allenarsi.»

«E questa puzza?» aveva aggiunto ancora «non vi sembra cannabis? Non è che qui hanno bruciato della droga, collega?»

«Ma che cannabis, io sento solo un odore di plastica bruciata che mi fa quasi vomitare. E poi, qui, ad Alzano Lombardone, della droga? Manco fossimo alla periferia di Detroit. Non credo proprio.»

Mentre i due discutevano, altri carabinieri che nel frattempo erano arrivati sul posto avevano delimitato la zona dell'incendio con del nastro di plastica di colore bianco e rosso. Spingendosi più in là, verso il muro di cinta, i militari avevano notato cinque o sei buche, scavate di fresco nel terreno della cascina.

«E queste?» si erano chiesti l'uno con l'altro.

«Sembra che qualcuno volesse sotterrare qualcosa, ma poi forse non ha avuto il tempo.»

«O magari il contrario, potrebbero invece aver scavato per prendere qualcosa che era nascosto...»

All'entrata della cascina, un altro di loro, che doveva essere il più alto in grado, aveva cominciato a fare qualche domanda alla gente che era ancora ferma lì davanti.

«Qualcuno sa dove sono i padroni di casa?»

«Due settimane fa» gli aveva risposto una signora «la Piera, la padrona di casa, mi ha detto che sarebbe andata per qualche giorno in Olanda a trovare il figlio...»

«E come si chiama questa signora?»

«Aiello, Piera Aiello. Suo marito di nome fa Celestino.»

«E poi?»

«Niente, da quel momento non li ho più visti, saranno partiti per davvero.»

«Perché, lei aveva qualche dubbio?»

«No, no, è solo che sono sempre state delle persone così tranquille e riservate. Non sapevo neppure che il figlio fosse all'estero e non me li vedo proprio in viaggio, quei due...»

«Qualcun altro li ha incontrati di recente?» aveva continuato il militare.

Nessuno dei presenti aveva risposto.

«E secondo lei chi potrebbe avere appiccato l'incendio?»

«E a me lo chiede?» aveva risposto la signora che, per prima, si era accorta del fumo. «Forse qualcuno del campo rom che sta là in fondo che, vedendo la cascina vuota, avrà pensato di trovare qualcosa da portar via, ma è solo un'idea...»

Il carabiniere allora era tornato verso i suoi colleghi, raccomandando di transennare anche il portone di ingresso del cortile. Poco dopo anche i pompieri se ne erano andati.

38

Erano passati pochi minuti dalle nove del mattino, quando qualcuno aveva suonato il campanello dello studio legale Airoldi-De Marchis di Milano. Poco dopo un corriere aveva consegnato un pacchetto.

«È per l'avvocato Antonella Airoldi» aveva detto il fattorino alla ragazza che lo aveva accolto all'entrata.

«L'avvocato è fuori sede sino a domani per delle udienze, lasci, firmo io per il ritiro.»

Dopo averlo salutato, la segretaria aveva appoggiato il pacco sopra gli altri plichi che, nei giorni d'assenza del legale, si erano accumulati numerosi.

Il pomeriggio del giorno successivo, l'avvocato Airoldi, rientrando in ufficio, dopo aver aperto tutta la corrispondenza, aveva preso in mano anche il pacchetto.

"Riservata personale, da Piera Aiello" c'era scritto sopra, poco sotto l'etichetta con l'indirizzo dello studio.

L'avvocato allora aveva chiamato la segretaria: «Tu sai chi l'ha mandato questo?» le aveva domandato, tenendo in mano il plico.

«No dottoressa, non lo so. Lei conosce il mittente?»

«Non ho idea chi sia.»

Mentre finiva di parlare, l'avvocato Airoldi aveva scartato il pacco, trovando, appoggiata sul coperchio di una scatola nera, una busta con scritto a mano "Barbarella". Per una frazione di secondo si era fermata, come se non capisse, poi, come di scatto, l'aveva aperta, cominciando a leggere quello che conteneva.

Caro avvocato,

ti scrivo questa lettera per chiederti di prenderti a cuore una persona che, per me, conta moltissimo.

Intanto vorrei dirti chi sono realmente, visto che da quando ci siamo conosciuti per te, come per tanti altri, sono stata sempre la signora Licia. Sì, proprio quella Licia, la stessa che in largo Quinto Alpini ti ha venduto quella che tu, dal nostro secondo appuntamento, hai definito la miglior erba della tua vita. In realtà il mio vero nome è Piera, di cognome Aiello, e nella vita ho fatto tutt'altro che la spacciatrice di marijuana. Non voglio annoiarti con la mia storia e sul perché, un giorno, mi hai trovato in una macchina a venderti del fumo, quindi vengo subito al punto. Mi sono permessa di disturbarti ricordandomi di una nostra conversazione nella quale mi avevi detto che, se mai avessi avuto bisogno di aiuto, potevo contattarti. Detto fatto: eccomi qui. Se mai vorrai, potrai fare qualcosa, non tanto per me, ma come ti dicevo poco sopra per qualcun altro, a cui tengo molto. Lei si chiama Aidha Qabbani, è una brava ragazza, arrivata in Italia dalla Siria, come profuga. Abbiamo lavorato insieme, per un'impresa di pulizie, alla prigione di Opera per più di sei mesi, tutte le notti. E da subito siamo diventate amiche. Due mesi fa Aidha è stata arrestata con l'accusa di aver falsificato il suo permesso di soggiorno. Devo dirti che, purtroppo, l'accusa è vera ma lei, anche se è difficile crederle, è innocente. Nel senso che è stata vittima di una truffa. Questo però conta poco per la giustizia italiana, tanto che, fra pochi giorni, dovrebbe essere espulsa rischiando anche di perdere la patria potestà sui figli. Il marito la vorrebbe seguire anche se potrebbe restare perché ha i documenti in regola, ma non vuole lasciarla partire da sola. Ovviamente, la loro condizione economica e sociale non gli ha permesso di rivolgersi a un avvocato, senza il quale non avranno mai una possibilità di chiarire la loro posizione e quindi di rimanere in Italia. La mia richiesta è quindi se puoi occuparti tu di Aidha, facendo tutto il possibile per garantirle una seconda possibilità. Sperando che tu possa accettare, nella scatola che ti ho mandato troverai dei soldi che dovrebbero essere sufficienti per il tuo onorario. Sono in contanti, e credo che tu possa immaginare da dove vengano. Ti prego di non provare a cercarmi, perché io e Mirko, o se preferisci Celestino, come si chiama veramente mio marito, abbiamo deciso di cambiare vita. Quello che è successo in questi ultimi giorni ci ha convinti che questa, di vita, non era davvero la nostra e allora siamo usciti di scena, anticipando un piano che comunque avevamo in mente da tempo. Quando leggerai questa lettera saremo, spero, felici e lontani da qui, a goderci quello che per tanti anni non avevamo neppure potuto sognare che accadesse.

Grazie in anticipo, avvocato.

Piera.

“Barbarella”, dopo aver letto le ultime righe della lettera un paio di volte, aveva aperto la scatola, nella quale c’erano, impilate una sull’altra, un mucchio di banconote in tagli da cento. Non le aveva contate, realizzando comunque che, lì dentro, ci dovevano essere almeno diecimila euro, forse anche di più. Per qualche minuto si era fermata a pensare, prima di richiudere la scatola e infilarla nella parte bassa di un mobiletto alle sue spalle.

Con ancora in testa le parole che aveva letto poco prima, aveva preso la cornetta del telefono per chiamare la segretaria, pregandola di contattare il tribunale di Lodi per informarsi su tale Aidha Qabbani.

«Cerca di farti dire dove si trova adesso e quanto manca all'udienza per l'espulsione. Fallo subito, mi raccomando. Da adesso questa signora diventa una priorità, almeno per me, comunicalo anche agli altri partner. Tutto il resto può anche aspettare qualche giorno» aveva concluso lasciandosi andare sulla poltrona, per poi, aperta la finestra alle sue spalle, prepararsi una canna con la poca maria che le era rimasta dall'ultimo incontro con Piera.

Finito di stampare nel giugno 2017
presso Grafica Veneta S.p.A., Trebaseleghe (Padova)